COLLECTION FOLIO

Charles Juliet

L'inattendu

Gallimard

Charles Juliet est né le 30 septembre 1934 à Jujurieux (Ain). Il connaît une enfance paysanne, puis est élève, de douze à vingt ans, dans une école militaire. Il entreprend des études de médecine qu'il abandonne pour se consacrer à l'écriture. Depuis, sa vie se confond avec son travail. Il a réalisé plusieurs séries d'émissions sur France-Culture, notamment des entretiens avec des peintres (Ubac, Estève, Bram Van Velde, Bazaine, Michel Carrade, Veličković, Soulages...).

Gérard Corbiau a porté à l'écran son roman *L'année de l'éveil*, Grand Prix des lectrices de *Elle* en 1989.

Humus

Elle est sa maîtresse depuis trois ans. Il est fou d'elle. Aucune femme ne saurait lui être comparée. Elle est la plus belle du village. La plus belle et la plus élégante. Il ne cesse de penser à elle, à sa silhouette, son visage, son regard, ses lèvres, sa poitrine, à ses mains qui sont blanches et fines.

Quand elle s'adresse à lui, il est dans un tel trouble qu'il ne peut balbutier un mot. Elle fronce alors les sourcils, et ses grands yeux verts se chargent d'une interrogation inquiète. Sous ce regard, son trouble se mue en angoisse, et il bafouille n'importe quoi. Elle hoche la tête, pose avec tendresse sa main sur sa tête ou lui caresse la joue. Il se mord les lèvres de crainte que son secret ne lui échappe.

Il voudrait hâter la marche du temps afin d'être un jour admis à vivre auprès d'elle. Le soir, dans sa famille, quand les autres sont tous assis devant la cheminée où brûlent d'énormes bûches de châtaignier, il s'étend sur le vieux canapé, presse son visage dans un angle et s'abandonne à ses rêves. Le plus souvent, la scène se présente ainsi : le fauteuil est rouge, et lui, il est assis sur ses genoux. Elle parle de sa voix claire et il l'écoute, follement heureux, le visage enfoui dans la douceur de ses seins.

Peu avant les grandes vacances, il apprend incidemment qu'à la rentrée, elle enseignera dans une autre école, qu'il ne la verra plus.

Le dernier jour, il ne se rend pas en classe. Il n'aurait pas le courage de lui dire adieu. Il va marcher au fond des bois. Il a idée de se perdre, de mourir, de se faire dévorer par des bêtes.

Il est rare que l'enfant désobéisse, mais parfois, en fin de matinée ou d'après-midi, il se sauve et va se planter devant la boucherie, à une centaine de mètres de la ferme. Il aime assister à la sortie de l'usine, voir la rue pleine de monde, dire bonjour aux hommes et aux femmes qu'il connaît. Il arrive même qu'il s'attarde un peu trop et oublie l'heure du repas. Lorsqu'il rentre, pour le punir, on lui faire croire que sa mère s'est enfuie. La douleur qu'il éprouve le rend comme fou, et courant et sanglotant, il se met alors à la chercher partout. Lorsqu'il la retrouve, cachée dans un placard ou derrière la porte de l'écurie, il la frappe à coups de poing ou se jette contre elle, presse sa tête contre son ventre et l'étreint de toutes ses forces.

Une de ces maladies de l'enfance qui l'a laissé affaibli. Les autres sont à l'église où ils assistent à la messe. Par la fenêtre, il contemple longuement ces diamants que le soleil fait scintiller dans la neige. Une mésange se pose tout près, et il l'observe avec émotion, retenant son souffle. La mère prépare le repas. Il s'ennuie, frissonne. Il dispose une chaise entre la cuisinière et l'alcôve, devant la caisse à bois. La mère le prend sur ses genoux, et il s'abandonne, laisse peser sa tête dans le creux de son bras. Le tic-tac de l'horloge. Le feu qui ronfle. La bonne odeur de la soupe qui mijote. Dehors, la neige, le froid, les oiseaux qui meurent. La mère le berce en chantonnant. Il joue à palper et mollement pincer la peau de son coude. Yeux clos, à demi assoupi, il se recroqueville, presse son visage contre elle, et bien qu'il soit grand, peut-être pourrait-elle lui donner un peu de son lait.

La gravité de son regard. La douceur de sa voix. La bonté de ses seins...

Il dérive, glisse, s'enfouit toujours plus profondément dans la moelleuse tiédeur dont elle l'enveloppe, et insensiblement, il remonte dans sa nuit, se fond en elle, reste blotti dans la chaude intimité de ses flancs.

Bien plus tard, devenu adulte, alors qu'il ne pouvait se défaire de la hantise du temps et de la mort, il s'est souvent remémoré cet instant. Délivré de la peur, il avait vécu là l'essence du bonheur, de la joie — une joie inoubliable, extrême, absolue, une joie telle qu'aucune autre ne pourrait lui être comparée — et lorsque ce souvenir resurgissait, soit il en recevait de la lumière, soit il était pris de nostalgie, sombrait dans des humeurs moroses.

Ils sont dix à vivre dans cette cuisine qui n'est pas des plus grandes. Pour faire ses devoirs ou apprendre ses leçons, l'enfant a du mal à trouver un coin de table et ne pas se laisser distraire par les conversations, le bruit des seaux, les frères et les sœurs qui chantent ou se chamaillent.

Souvent, dans ses prières, il demande à tomber malade. Il pourrait ainsi rester seul avec sa mère pendant que les autres seraient à l'école ou au travail. Mais le Bon Dieu ne lui a jamais donné satisfaction et il pense à lui avec rancune.

La neige s'est mise à fondre. Au cours de la nuit, la température a brusquement chuté, et le matin, les rues du village sont couvertes d'une épaisse couche de glace.

Il enfile de vieilles chaussettes sur ses galoches et va faire des commissions. La rue qu'il lui faut emprunter est extrêmement pentue, et alors qu'il monte, un homme la descend.

Soudain, l'homme glisse, tombe, et la bouteille se brise qu'il tenait précautionneusement sous son bras. Il jure, se relève, tombe à nouveau, retire vivement sa casquette et la presse contre le sol, devant ses genoux, pour retenir ce qui coule le long de la pente. Tandis que l'odeur de l'eau-de-vie lui parvient, l'enfant voit l'homme se plaquer sur la glace et laper en toute hâte le précieux liquide.

Pierrot est toujours à traîner par les rues où il passe son temps à commettre les pires bêtises. Il habite le même quartier que l'enfant et a quelques années de plus que lui. L'enfant sait qu'il ne doit pas le fréquenter, mais bien souvent, il lui est impossible de l'éviter.

Pierrot prend plaisir à brutaliser l'enfant et à lui faire toutes sortes de misères. Par exemple, il le contraint à se coucher dans des orties, le pousse à sauter du haut d'un toit, ou à dévaler une côte sur un vélo dépourvu de freins.

Une fois, alors qu'il mange lui-même un long et gros ver de terre, il met l'enfant au défi d'avaler une limace. Ou bien il l'enferme dans une cave, lui glisse un crapaud sous sa chemise, lui jette une couleuvre vivante dans les jambes.

Un jour, ils se retrouvent au premier étage d'une grange. La moitié du plancher a été retirée et ils s'amusent à sauter d'une poutre à l'autre. Dessous, c'est le trou noir.

Pour corser le jeu, Pierrot décrète qu'il faut faire un grand bond, se rétablir non sur la poutre la plus proche, mais sur la suivante. Et sans attendre, il effectue le premier saut.

L'enfant hésite, doute de pouvoir réussir un tel bond. Dans la seconde qui suit, c'est la litanie qu'il connaît bien : ô-le-dé-gon-flé, ô-le-dé-gon-flé...

L'enfant plie les jambes, donne une impulsion, s'élance. Mais à l'arrivée, son pied s'enfonce dans le vide, son visage s'écrase sur la poutre, et il disparaît dans le noir.

Pierrot s'enfuit. De longues minutes plus tard, quand l'enfant revient à lui, il est étendu sur des sacs de son.

Il sort de la grange en se tenant la tête. Il est horrifié par ce sang qui lui poisse les mains. Il pense aussitôt à sa mère, à la frayeur qu'elle aura.

Penché en avant, ses mains pressant son visage, il se dirige à petits pas vers la fontaine.

La rivière descend des montagnes et court au pied d'une haute colline sombre, couverte de bois. Elle n'est large que de quelques mètres, mais à cette époque de l'année, elle est en crue. Coupée çà et là par de petites chutes, sa pente est irrégulière, et ses eaux troubles bouillonnent en grondant.

Il a peur de cette rivière. D'autant que depuis l'hiver, il ne peut se défaire de la vision de cette femme morte, au corps raidi par le gel, qu'on avait ramenée chez elle sur une brouette. Pendant des jours, des hommes l'avaient cherchée, et ils avaient fini par la trouver plus en aval, dans un coude de la rivière où les eaux étaient prises par la glace. Depuis, il ne cessait de faire des cauchemars dans lesquels la rivière donnait toujours la mort.

À l'aide d'un râteau, sa mère étend la terre des taupinières. Il s'ennuie. L'idée lui vient soudain de vérifier, à l'aide d'un bâton, si les piquets de la clôture ont été plantés à des intervalles bien réguliers. Il se livre avec grand soin à cette opération, et sans y avoir prêté attention, se trouve bientôt au bord de la rivière. Lorsqu'il en prend conscience, il veut fuir. Mais il aperçoit, accroché à l'extrémité d'une branche qui oscille au gré du courant, un lambeau d'étoffe rouge. Ce tissu pique sa curiosité, excite sa convoitise. S'il pouvait le récupérer, il s'en ferait dans quelques jours un foulard, ou s'en servirait pour pêcher des grenouilles.

Du pied, il tâte le terrain, s'approche avec grande précaution. Il saisit la branche et essaie de la tirer à lui, mais le poids du tissu trempé l'en empêche. Il avance son pied, se penche davantage, s'arc-boute, et lorsque d'un geste brusque il tente à nouveau de tirer la branche, le sol se dérobe, et tête première, il tombe à l'eau.

Aussitôt, c'est la sensation d'une tenaille qui lui comprime le crâne, les membres, la poitrine, l'empêche de respirer. Il se retient de crier, se débat, cherche à agripper des branches, mais le courant l'entraîne. Tout va très vite. Son genou heurte un rocher et déjà enfle le grondement d'une chute proche. Il s'enfonce, refait surface, est étouffé par l'eau qu'il avale.

Un remous le rejette près de la rive, et d'une main il parvient à attraper l'extrémité d'une branche. Mais le courant est si violent qu'il doit encore batailler ferme pour se tirer d'affaire.

Les mains pleines de terre, il traverse le taillis en rampant.

Claquant des dents, la tête enfouie dans les bras, il reste étendu dans le pré, et à la pensée que sa disparition aurait causé à sa mère un terrible chagrin, il éclate en sanglots.

Lorsqu'il est seul loin du village et qu'il voit apparaître quelqu'un qui vient à sa rencontre

lorsqu'il reste des heures à garder ses vaches dans ce pré éloigné et entouré de bois

lorsqu'il doit monter dans la grange pour pousser du foin dans les trappes

lorsqu'il part au petit matin dans le brouillard derrière ses vaches, et que son regard n'est plus à même de tenir en respect les menaces qui le cernent

lorsqu'il doit s'enfoncer dans la nuit pour porter un bidon de lait

lorsque les matins d'hiver, le jour n'étant pas encore levé, il pénètre dans l'église vide, silencieuse, glaciale et mal éclairée, où les pas résonnent, signalant sa présence à cet homme tapi dans l'ombre et venu ici pour l'enlever lorsqu'il descend à la cave pour en remonter du vin, des pommes de terre ou des betteraves

lorsque à l'écart du village, il est contraint d'emprunter ce chemin bordé d'un côté par un haut mur ruisselant d'eau, et de l'autre, par une vaste maison au mur aveugle, troué à hauteur d'homme par la bouche noire d'un large soupirail d'où pourrait surgir il ne sait trop quel monstre qui se jetterait immédiatement sur lui

lorsque les soirs d'hiver, il lui faut sortir pour se rendre à l'écurie ou aller chercher du bois dans la remise ouverte à tous vents, noire de la plus opaque des ténèbres

lorsqu'il croise ce vieil et immense Italien, au visage émacié et mal rasé, coiffé d'un ample béret noir posé à l'horizontale sur sa tête, vêtu d'une capote dépenaillée, les jambes prises dans des bandes molletières, ayant à la main un grand et lourd bâton dont il frappe le sol au rythme de sa marche, lorsque cet homme qui est toujours en train de chantonner, lui dit bonjour d'une voix rocailleuse, s'adresse à lui dans un parler incompréhensible, lui passe la main dans les cheveux pour dissimuler qu'il est sans doute un voleur d'enfants

lorsque ce vieux monsieur qui a perdu un bras et un avant-bras à la guerre et que l'enfant entoure de prévenances dans la crainte qu'il ne remarque combien ce petit garçon appréhende de le rencontrer, lorsque cet homme, pour le remercier d'avoir telle ou telle attention à son égard, lui frotte la tête de sa main rigide, gantée de cuir noir et qui émet de légers et sinistres grincements

l'enfant est proie d'une peur qui le suffoque, le ravage, le laisse anéanti.

Il retire ses vêtements dans la cuisine, et nu, les pieds chaussés de vieilles espadrilles, il traverse la cour plongée dans la nuit et le brouillard. Puis il descend dans la cave où il se tient maintenant près de ces trois hommes. Il a froid et éprouve une telle gêne qu'il se sent bien malheureux. Il voudrait demeurer là, dissimulé dans l'ombre de la cuve, mais il n'est pas venu ici pour rester inactif.

Il passe d'abord deux bras, puis la tête, puis le buste. L'obscurité est totale et la forte odeur de vin lui pique les narines. Il s'aide de ses coudes, de ses bras, de ses jambes, et par des mouvements de reptation, parvient à entrer dans le tonneau. Sa gêne et son appréhension ont disparu, et pendant un court instant, il ressent un certain bien-être à se trouver là, à l'abri des regards, seul dans cette ténèbre.

Par le guichet on lui tend une ampoule. Il fixe celle-ci à la douille qui est introduite au-dessus de lui par le trou de la bonde. Une faible lueur se répand et il a plaisir à voir le rouge brun teinté de mauve qui l'enveloppe.

À l'aide d'une petite hache, il racle chaque douve pour en détacher les plaques de tanin. À la suite de quoi il brosse soigneusement tout l'intérieur du tonneau. Puis on lui passe des casseroles d'eau chaude, et il projette celle-ci autour de lui, en prenant soin de ne pas s'ébouillanter.

Il récure et lave ainsi plusieurs tonneaux. Un instant plus tard, de retour dans la cuisine, il est debout dans un baquet près de la cheminée où brûle un bon feu, et sa mère le lave.

Heureux qu'on ait eu besoin de lui et fier de s'être acquitté d'une tâche qu'un adulte n'aurait pu effectuer, il se sent important et raconte avec force détails ce à quoi il vient de s'employer avec tant d'application. Et lui qui d'ordinaire aime à rester silencieux, il s'étonne de tous ces mots qui coulent de ses lèvres.

Elle était ouvrière. Toujours habillée de noir, elle vivait seule et il fallait l'appeler mademoiselle. Elle aimait bien l'enfant et l'enfant l'aimait bien. Souvent, quand il lui rapportait ses commissions, il restait un long moment à bavarder avec elle, et avant qu'il ne parte, elle ne manquait jamais de lui donner une petite pièce.

C'était l'hiver et elle venait chaque soir à la même heure. Elle se plantait près de la cuisinière, et tenant son bidon des deux mains devant elle, elle demeurait là durant d'interminables minutes, à parler de tout et de rien. L'enfant lui lançait des regards courroucés, lui répondait sur un ton bourru tout en s'efforçant de lui cacher sa mauvaise humeur. Les autres mangeaient, et lui, de sa main libre, feignait de s'amuser avec son morceau de pain. Car dès qu'elle poussait la porte, il plaçait en toute hâte, entre ses genoux, la casserole dans laquelle sa mère lui avait servi sa soupe.

Il détestait que cette femme vienne chercher son lait lorsqu'ils étaient à table.

Le père et la mère sont arrivés dans ce village il y a déjà de longues années et ils y ont loué une petite ferme. Quand ils s'adressent l'un à l'autre, ils se parlent en patois, un patois qui n'est pas employé dans cette région. L'enfant le comprend, et bien qu'il ne sache pas le parler, il connaît de nombreux termes qu'il prononce à sa façon.

Un jour, pour épater ses copains, il bredouille toute une série de mots qui ne veulent rien dire et affirme avec conviction qu'il parle maintenant l'américain.

En échange d'un cochon, ils ont acquis trois brebis, deux blanches et une noire, et à la fin du printemps, on procède à la tonte. Pour faire carder et filer la laine, l'enfant la porte à une vieille dame à demi aveugle qui habite un lointain hameau enserré entre deux hautes collines.

L'hiver venu, la mère tricote chaque soir pendant de longues heures.

Lorsqu'il enfile pour la première fois cette paire de chaussettes, il constate avec satisfaction qu'elles s'ajustent bien à son pied et à sa jambe, mais elles sont malheureusement d'un blanc sale et ont un aspect des plus rustiques, car le fil fourni par la vieille dame n'avait pas une grosseur uniforme. De surcroît, elles sentent le suint et les petits débris de bois restés dans la laine lui grattent les mollets.

À force de les porter, un gros trou finit par apparaître à un talon. Un matin, avant qu'il ne parte à l'école, la mère raccommode cette chaussette à la va-vite avec de la laine noire.

Le dimanche, lorsqu'il met ses chaussures

basses pour aller servir la grand-messe, il ne peut se défaire de cette idée qu'on le verra toujours de dos, et que cette grossière plaque noire au talon attirera les regards.

La semaine suivante, le fils du boucher arbore de superbes chaussettes avec d'harmonieuses couleurs dessinant toute une combinaison de losanges. L'enfant les admire tant qu'à partir de ce jour, il n'ose plus adresser la parole à celui qui les porte.

L'enfant aime bien leur voisin. C'est un homme d'une trentaine d'années, grand, costaud, et ses bœufs ont d'immenses cornes et une belle robe rousse.

En été, quand les gens du quartier se réunissent devant son écurie pour passer la soirée, l'enfant se tient à ses côtés, lui tâte les biceps, joue avec sa casquette, lui pose des questions sur son travail et ses bêtes.

Un soir, l'homme lui apprend à siffler. Un autre soir, il lui dit avec un grand sérieux d'aller jusqu'à l'église. Au pied du mur il devra ramasser les crottes de pigeons tombées des nids et se les étaler sur les joues. Ces crottes sont connues pour être un très bon engrais. S'il les applique sur son visage pendant au moins quinze jours, il est sûr de voir sa barbe pousser, et ainsi, il deviendra rapidement un homme.

L'enfant ne sait trop ce qu'il doit penser de cet étrange conseil. Il soupçonne qu'il s'agit là d'une plaisanterie, mais il a un tel désir de grandir, qu'un jour, il décide de se livrer à quelques essais.

Toutefois, avant de se rendre à l'église, il en parle à sa mère. Mais celle-ci secoue la tête, et en l'attirant contre elle, le traite en riant de petit imbécile.

En un éclair, il comprend combien c'est vrai. Cette révélation le meurtrit profondément, et pendant quelques jours, le visage tendu, il ne cesse de se demander s'il sera condamné sa vie durant à se comporter en imbécile.

Depuis quelque temps, il ne marche plus qu'en tenant les bras à bonne distance du corps, les paumes tournées vers l'arrière. Sa mère s'en étonne, s'inquiète, lui demande s'il a mal quelque part. Il la rassure, lui affirme qu'il ne souffre de rien mais explique qu'il ne peut tenir ses bras autrement. Elle craint qu'il n'ait une déficience osseuse et parle d'aller le montrer au médecin. Il secoue la tête et murmure que ce serait inutile.

Un matin, il refuse d'enfiler sa chemise et décrète qu'il ira à l'école en maillot de corps. C'est un enfant doux, docile, attentif à ne pas faire de peine à autrui, mais sa mère sait que lorsqu'il a une idée en tête, il est pratiquement impossible de l'amener à y renoncer. Alors elle cède, attendrie, sachant bien qu'il n'a pas mauvais fonds. Ce matin-là, toutefois, elle lui montre qu'elle n'est guère contente. Mais elle repasse en hâte un maillot de corps.

Arrivé près du bac, il pose son cartable sur la margelle, en sort quatre décalcomanies, les humecte de salive et les applique sur ses bras et ses avant-bras. Puis il part tout heureux en chantonnant et en admirant ses tatouages.

Le dimanche, après les vêpres, il descend au jeu de boules. Il se faufile parmi les groupes et se porte vers lui. Jusqu'au soir, il restera à ses côtés, le suivant dans tous ses déplacements.

C'est un homme d'une cinquantaine d'années, pas très grand, mais tout en muscles, et qui marche le buste légèrement penché en avant. Sa voix est puissante, bien qu'éraillée. Il porte sa casquette de biais, enfoncée jusqu'aux sourcils. Son maillot de corps est d'une blancheur immaculée, et ses bras à la musculature impressionnante, couverts de tatouages, se tiennent en arc de cercle, à l'écart de son corps, les paumes tournées vers l'arrière.

Cet homme possède un cheval de trait, un tombereau-citerne et une pompe à bras munie de deux leviers. L'enfant espère qu'un jour il acceptera de l'embaucher et qu'il aura la joie de vider les fosses d'aisance avec lui.

Une journée torride. Le village assoupi. Les vêpres ont pris fin depuis un bon moment, et il est assis à l'ombre du tilleul sur une marche de ce large escalier de pierre qui monte à l'église.

Aucun de ses copains n'a accepté de rester pour aller garder les vaches avec lui. Tous ces chenapans sont partis se baigner à la rivière. Coudes sur les genoux, visage calé entre ses poings, il est là, dans la rue vide, le regard perdu, à méditer gravement sur la noirceur des choses humaines.

Soudain, Gustave est devant lui. L'enfant se dresse, prêt à déguerpir.

Connu un peu partout à la ronde, Gustave est une des hautes figures de ces lieux. Il habite un hameau, et quand on le croise dans les rues du village, il est immanquablement ivre. Pourtant, il boit très peu. Trois verres de vin suffisent à le mettre dans cet état d'ébriété qu'il recherche et qu'il veille à ne jamais dépasser. C'est un être intelligent, blessé, qui invente des dictons, raconte des histoires pleines de sel, décoche en badinant aux gens qu'il croise des vérités qui ne sont guère appréciées.

D'une main, il tient son vieux vélo qui l'aide à ne pas s'affaler, et de l'autre, il se saisit de la nuque de l'enfant. Il pue le vin, a de la difficulté à garder les yeux ouverts, et il grince des dents. Les jambes de l'enfant tremblent. — Écoute-moi gamin... Je vais te dire... Je vais te dire... quelque chose... Tu devras toujours... tu devras toujours t'en souvenir... Parce que... parce que ça te servira... ça te servira tout au long... tout au long de ton existence... Écoute bien mon gamin :

Mieux vaut... boire... et... s'en ressentir
que de ne pas... boire... et s'en... repentir.

Appuyé sur son vélo, il poursuit son chemin, chantonnant le précieux conseil dont il vient de gratifier l'enfant.

Il aime le voir travailler. Il aime le voir découper un morceau de cuir à l'aide d'un tranchet. Il aime le voir glisser des pointes entre ses lèvres, les prendre une à une et les planter dans le cuir de la semelle neuve. Il aime le voir disposer en travers de sa cuisse plusieurs filaments de chanvre, les rouler sous sa paume et les enduire de poix. Il aime regarder le petit établi, et les outils et les petits casiers où sont logés les clous. Il aime surtout voir ses mains, sa longue barbe blanche et son bon regard. Près de lui, le silence a une qualité particulière et tout devient différent.

Presque chaque jour, à la sortie de l'école, l'enfant lui rend visite. Il frappe au carreau le plus doucement possible, entre, balbutie un bonsoir respectueux, puis s'assoit sur le petit tabouret. L'homme s'arrête alors de travailler. En silence, prenant son temps, avec grand soin, il roule une cigarette, l'allume avec un curieux briquet à amadou, tire la première bouffée en plissant les paupières. Et ce n'est qu'après avoir rejeté la fumée en une lente expiration qu'il dit à voix douce : — Alors ? As-tu bien travaillé aujourd'hui ?

Dehors, il pleut ou il neige, et il fait bon près de ce petit poêle qui diffuse une agréable chaleur. Dans sa famille et avec ses copains, l'enfant est le plus souvent silencieux, trop occupé à écouter et observer. Mais ici, dans cette minuscule échoppe, près de cet homme à la barbe de Père Noël, les mots lui viennent facilement et il ne peut s'empêcher de déverser ce qu'il a en tête. Il raconte sa journée, parle de l'instituteur, de la récitation qu'il doit apprendre, d'une leçon d'instruction civique ou d'une vache qui a vêlé. Mais ce qu'il préfère, c'est poser des questions. Des questions sur le métier de cordonnier ou des questions plus générales, auxquelles il ne sait trouver de réponse. Pourquoi des hommes sont-ils grands et d'autres petits ? Pourquoi y a-t-il des guerres ? Pourquoi les chiens et les vaches ne vivent-ils pas aussi longtemps que les êtres humains ? Et y a-t-il quelque chose derrière les étoiles ? Et pourquoi le bon Dieu n'accorde-t-il pas son pardon à ceux qu'il a plongés en enfer ?

L'homme hoche la tête, réfléchit et répond avec gravité. Parfois, tout en continuant de travailler, il lui récite de longs poèmes de Victor Hugo ou lui raconte un épisode des *Misérables*. L'enfant est suspendu à ses lèvres, et en un instant se trouve transporté en d'autres mondes. Les émotions qui le ravagent le laissent anéanti, et quand il part, il n'est même plus capable de dire au revoir au vieux monsieur.

Certains jours, le maire du village vient trouver son ami. C'est un homme de haute taille, corpulent, au crâne chauve, qui parle en bougonnant, d'une voix bourrue, et qui n'inspire à l'enfant que de la crainte. Dès qu'il est là, il semble qu'il n'y ait plus de place dans cette pièce des plus exiguës, et l'enfant s'éclipse, mais bien à contrecœur. Les deux hommes ont fait la Grande Guerre ensemble, et il serait tellement heureux de pouvoir écouter ce qu'ils se disent.

Un jour, les voisins viennent passer la soirée dans sa famille. Les femmes tricotent devant la cheminée, et les hommes assis autour de la table jouent à la belote tout en vidant un verre. L'enfant lutte contre le sommeil, car il a quelque chose à dire. Quand ils ont fini leur partie, il demande tout à trac au vieux père M. s'il serait capable de rouler une cigarette d'une seule main. Bien qu'un peu ivre, le père M. accepte d'essayer. Mais il s'avère bien vite que ses gros doigts malhabiles ne peuvent réussir une opération si délicate. Alors l'enfant explique que le cordonnier, lui, roule une cigarette avec sa seule main droite. Aucun brin de tabac ne tombe, et lorsqu'elle est achevée, la cigarette est aussi régulière et aussi pleine que s'il l'avait tirée d'un paquet.

Il a vu faire le cordonnier. De ses propres yeux. Il est inutile de prétendre que c'est une chose impossible à réaliser.

— Qu'est-ce que tu me contes là ?... Cette espèce de vieux socialiste...

L'homme est fâché et il se lève. Il a prononcé ce mot de *socialiste* sur un ton méprisant, qui donne à penser que le cordonnier n'est pas un homme respectable, qu'il pourrait mériter certains reproches, que sa vie n'est peut-être pas sans tache.

Après le départ des voisins qui se sont retirés en grand silence, on apprend à l'enfant qu'il a commis une gaffe, qu'il aurait mieux fait d'aller se coucher.

Lorsqu'il était jeune, le père M. a été réformé à cause de sa tuberculose, et il fut terriblement humilié de n'avoir pu partir à la guerre. Or le maire et le cordonnier en sont revenus avec plusieurs décorations, et depuis lors, le père M. les déteste. Les années passent, mais sa rancœur ne s'éteint pas.

L'enfant ne cesse de se demander ce qu'a voulu dire le père M. Il n'ose questionner son instituteur à ce sujet et encore moins le cordonnier. *Socialiste !* Ce mot est-il un mot sale, ordurier, qu'un enfant n'a pas le droit de prononcer ? Est-il en rapport avec le fait que cet homme est veuf ? Pauvre ? Qu'il connaît à fond l'œuvre de Victor Hugo ? Avec le fait qu'il boite parce qu'il souffre de ses anciennes blessures ?

Profonde est sa perplexité. Mais lorsqu'il pousse timidement la porte de la petite échoppe, qu'il voit le vieux monsieur, sa longue barbe blanche, son paisible regard empli de douce bonté, la question n'a plus de sens, et il ne doute plus que cet homme est de ceux qui ne peuvent faire le mal.

Le fils de la bouchère a une trentaine d'années. On le voit toujours en blouse, avec un foulard bleu sombre autour du cou. Il possède une belle et puissante voiture et il est maquignon. On raconte dans le village qu'il est riche, qu'il a amassé une vraie fortune en peu de temps. Au volant de sa bétaillère, il vient parfois chercher l'enfant et l'emmène dans une ferme ou sur un marché. Un jour, ils se rendent tous deux au chef-lieu du département pour la plus grande foire de l'année.

C'est une immense place, coupée par des rangées de platanes. Il y a là de nombreux paysans avec des poussins, des poules, des canards, des oies, des lapins, des cochons, quelques taureaux, quelques chevaux, et des centaines de vaches. Les maquignons sont facilement reconnaissables. Ils ont un bâton à la main et portent tous une identique blouse gris-bleu. Il les observe avec grande attention, les voit tourner autour d'une bête, évaluer son poids, puis commencer à la marchander. Il épie les regards, les mimiques, les gestes, ne perd rien de ce qui se dit.

Il s'arrête près d'un énorme taureau à la belle robe brune. Le maquignon parle à voix basse au paysan qui ne pipe mot et se contente de branler la tête. Le maquignon insiste, ménage des silences, lance un chiffre, élève la voix, affirme bien haut que c'est sa dernière proposition. Après de longues minutes, à bout d'arguments, lassé de se heurter à un mur, il s'impatiente, prend à témoin ceux qui ont fait cercle, et dans un mouvement de colère, levant les bras au ciel, abandonne la partie. À peine s'est-il éloigné de quelques pas qu'il revient à la charge, reprend à voix basse le conciliabule, s'emploie à démontrer au paysan qu'il demande trop. Celui-ci rétorque qu'il ne rabattra pas un centime. L'assaut est relancé. Le paysan continue de ne rien vouloir entendre. Bientôt, comme le maquignon fait mine de renoncer, il cède. Les deux hommes se regardent dans les yeux, se frappent dans la main et l'affaire est conclue.

Le lendemain, quand il part pour l'école, l'enfant a la tenue adéquate : sans ceinture, sa longue blouse noire tombe comme il convient, et son foulard rouge est du meilleur effet. Commence alors pour lui une période de troc intensif. Gommes, billes, ficelles, cahiers, couteaux, lacets, clous, craies, boîtes d'allumettes vides..., tout est objet de convoitise, et sitôt acquis, devient monnaie d'échange. Mais il est déçu quand celui à qui il propose une bonne affaire l'accepte sans batailler, sans chercher à obtenir que la transaction lui soit plus favorable. Ce qu'il aime, c'est trouver des arguments, se montrer persuasif, l'emporter de haute lutte.

En fin d'année, le panier où il amasse ses richesses sera plein. Il le soumettra alors à son ami maquignon, et celui-ci, impressionné par un enfant à ce point prometteur, se plaira à lui apprendre ce si beau métier.

Un matin de juin. La sortie de l'école. Le maître l'a retenu quelques minutes, et il est maintenant seul sur la route. Il monte la côte qui mène en haut du village. À mi-côte, là où la route fait un léger coude, se trouve une petite place couverte d'herbe. Au centre de cette place, fixée sur un socle de granit, s'élève une haute colonne supportant une statue de la Vierge. Il aime cet endroit, et quatre fois par jour, ne manque pas de s'y arrêter un court moment, le temps de réciter un « Je vous salue Marie... ».

Ce jour-là, visage levé vers la statue, il est sur le point d'achever sa prière lorsqu'un cri et un bruit de chute le font sursauter. Une faux en travers des jambes, la femme est à terre, inanimée. Il reste figé de stupeur, s'étonne de ce que les roues du vélo continuent de tourner. La vue de ces cuisses toutes blanches l'effraie plus encore que celle du sang qui s'écoule par à-coups et se répand en flaque sur le goudron.

La femme geint et il ne sait que faire. Il choisit de s'accroupir auprès d'elle et de lui parler, de la réconforter, de lui apprendre qu'on s'occupe d'elle, qu'elle va être secourue. Mais quand il se rend compte qu'aucun mot ne parvient à franchir ses lèvres, il est pris de panique. En détournant la tête, il applique sa main en haut de la cuisse, pour arrêter l'hémorragie. Mais si on le surprenait avec sa main posée sur le corps de cette femme qu'il ne connaît pas, que dirait-on de lui ? N'irait-on pas imaginer qu'il a eu de mauvaises pensées ? Il s'enfuit, court chercher du secours. Mais après avoir fait quelques mètres, il revient, tire la robe jusqu'aux genoux et détale en direction de la place.

Rouge, puis brune, puis noire, la large tache est restée visible toute une semaine sur le goudron, et pour lui, elle ne s'est jamais effacée.

À partir de ce jour, il n'a plus fait halte sur la petite place, n'a plus récité son « Je vous salue Marie » en l'honneur de la Vierge. Son cartable serré sous le bras, la tête tournée sur le côté pour ne rien voir, il ne descendait plus, ne montait plus cette côte qu'en courant à perdre haleine, le cœur battant à se rompre.

Les quelques rares femmes qui ont assisté à la prière sont rentrées chez elles et le village est désert. C'est un soir de mai et la nuit tombe. Il est assis sur les marches de l'église, en proie à une profonde perplexité.

Il vient d'apprendre que deux de ses bons copains qui sont comme lui enfants de chœur se permettent de manger des hosties et boire du vin consacré. Il est horrifié. Il sait déjà qu'il ne leur adressera plus la parole mais quelle décision prendre ? S'il révèle leur forfait, ils risquent d'être sévèrement punis. Mais s'il se tait, le châtiment sera bien pire. Ils iront en enfer. Pour l'éternité !

Il leur en veut d'avoir commis une faute aussi grave et de lui poser un tel problème. Car s'il ne choisit pas la bonne solution, Dieu un jour lui demandera des comptes, et que pourra-t-il invoquer pour sa défense ?

Comme chaque jour lorsque la lumière décline, il est pris d'angoisse. Et celle-ci rend plus accablant le secret dont il est maintenant dépositaire. Certains n'iront-ils pas jusqu'à prétendre que, puisque ses copains l'ont mis au courant, il partage leur faute ?

Demain, fort de l'importance dont les circonstances l'ont investi, il leur administrera une bonne raclée. Et après, il leur demandera d'indiquer eux-mêmes la sanction qu'ils choisissent.

D'un pas lent, perdu en lui-même, il regagne la ferme, écrasé par la conscience de leur faute.

Le maquignon arrête sa bétaillère. Il laisse l'enfant sur le bord du chemin et le reprendra au même endroit, quelques heures plus tard, en fin d'après-midi.

L'enfant n'ose aller demander à la première ferme qu'on lui indique celle de sa grand-tante, et il reste là, les bras ballants, la gorge nouée, à attendre que quelque chose survienne qui le tirera d'embarras. Il craint qu'on ne le prenne pour un romanichel, un voleur de poules, et il lui vient l'envie de s'enfuir.

C'est une belle journée d'été, mais l'endroit lui paraît lugubre. Il y a là une dizaine de fermes tassées au fond d'une combe et entourées de quelques prés. Tout autour s'élèvent des montagnes aux flancs couverts de hêtres et de sapins. Ici, aucune vigne, aucun arbre fruitier. Devant chaque ferme s'étend un petit jardin à la terre noire et soigneusement entretenu. Il n'a jamais vu un paysage aussi sévère et il se demande comment des hommes et des femmes peuvent vivre en un pareil endroit.

Le maquignon lui a appris que dans cette région vivent encore des aigles, et que parfois il arrive que de petits moutons et de jeunes enfants disparaissent. Tout en attendant et en se maudissant d'être venu là, il ne manque pas de surveiller le ciel.

Il a souvent entendu parler de cette tante et on raconte tant de choses sur elle qu'il n'a jamais su s'il fallait croire à ce qui se dit.

Elle possède une dizaine de vaches et il paraît que de tout l'hiver — dans ces montagnes la mauvaise saison dure environ cinq mois — elle laisse ses vaches dans leur fumier, de sorte qu'à la fin mars, leurs dos touchent le plafond de l'étable.

Il se la représente sous les traits d'une sorcière et envisage de renoncer à sa visite, songe à aller se cacher dans le bois proche, en attendant le retour du maquignon.

Pour se rendre à la cuisine, il trouve étrange d'avoir à traverser une longue grange obscure, et lorsqu'il frappe à la porte, souhaitant que personne ne réponde, il est prêt à toutes les surprises.

Elle ne ressemble en rien à une sorcière. C'est une femme grande, maigre, habillée de noir, aux cheveux blancs, au regard et à la voix d'une douceur déconcertante. Elle parle avec lenteur et pendant les premières minutes, la lourdeur de son accent amuse l'enfant qui s'impose de ne pas sourire.

Il est assis bien droit sur sa chaise de paille et il l'écoute. Il n'est même pas étonné de voir des poules entrer dans la cuisine, puis sauter sur la table et picorer les restes du repas. C'est la première fois qu'on le considère comme un adulte, qu'on lui parle comme à un homme et il écoute de tout son être, avec passion, littéralement projeté hors du temps.

Un instant plus tard, il est pris d'inquiétude. Elle explique combien elle aime les bêtes et raconte que de temps à autre, elle voit apparaître avec plaisir dans la cuisine une vipère qui vient boire du lait dans l'assiette des chats.

Soudain, le maquignon pousse la porte, et l'enfant ne peut croire que l'après-midi est passé. Elle n'a que du café froid à offrir, et pour ne pas laisser l'homme boire seul, ils en prennent un troisième verre.

En les raccompagnant, la tante le serre contre elle, lui parle avec beaucoup d'affection, mais lorsqu'elle l'embrasse, il ne sait rien lui dire, part sans pouvoir se retourner. Il baisse la tête, se retient de pleurer, dévoré par le besoin de revenir au plus tôt.

La nuit va tomber. Il rassemble ses vaches et les pousse sur la route. Ce pré ne leur offre plus grand-chose à manger et il les laisse brouter l'herbe des talus. Il s'amuse à donner de petits coups de pied dans son bâton qui tressaute sur le goudron. La joie de rentrer a chassé la peur qui l'oppresse en permanence et il adresse quelques mots d'amitié à ses vaches.

Une vigne s'étend en contre-haut de la route. En levant la tête, il aperçoit une belle grappe de raisins presque mûrs. Ils seront les premiers qu'il mangera cette année. Il se hisse sur la pointe des pieds, et à l'instant où il détache la grappe, une voix hurle :

— Attends voir mon galopin. Je vais t'apprendre à piller ma vigne.

Il lâche la grappe qui roule à terre et s'écrase sur la route.

Il le reconnaît. C'est un vieux grigou qui a la manie de se brouiller avec ceux auxquels il loue des terrains, puis de leur faire des histoires à n'en plus finir. Et quand celles-ci tournent à son désavantage, il n'hésite pas à intenter des procès. Il est surnommé le Gaulois, parce que les extrémités de sa grosse moustache pendent à la verticale aux coins de sa bouche.

— Je vais t'arranger les côtes, gueule-t-il, furieux, en s'agitant et brandissant sa canne.

Le vieux a débouché du bois à une cinquantaine de mètres, et bien qu'en sabots, il presse le pas et se rapproche. L'enfant se met à frapper ses vaches. Commence alors la course-poursuite.

Les vaches n'ont pas mangé tout leur saoul et elles savent fort bien que la chienne est absente. Elles en profitent. Elles vont de droite et de gauche, courent dans les champs, cherchent à happer au passage un maïs ou une betterave. L'enfant les injurie à voix basse, frappe les croupes à coups redoublés, et à tout instant se retourne à demi pour voir s'il ne risque pas d'être rejoint. Le vieux avance sans à-coups, d'un pas régulier, mais il marche moins vite. Aussi la distance entre eux demeure-t-elle à peu près constante.

N'existe plus pour l'enfant que ce martèlement rythmé des sabots aux semelles cloutées raclant le goudron. Sa panique va croissant. Ce vieux qui continue de l'invectiver est tellement enragé qu'il ne manquera pas de le traîner en justice. Alors, il sera frappé d'une lourde amende. Sa famille n'aura pas l'argent pour payer et ce sera la honte.

Soudain, il prend conscience que lorsqu'elles arriveront devant la cure, les vaches vont s'arrêter à l'abreuvoir, et qu'il ne pourra les en faire partir. Le vieux grigou n'aura plus alors qu'à fondre sur sa proie.

La Charmante doit vêler dans un mois et elle peine à suivre le train qu'il leur impose. Tout en la frappant, il lui explique qu'il ne peut agir autrement, et que demain, pour se faire pardonner, il ira lui chercher une brassée de luzerne.

Essoufflées, les vaches commencent à boire. L'enfant se place derrière l'une d'elles, le plus loin possible du Gaulois qui arrive en traînant la jambe.

Cette poursuite n'a pas calmé sa fureur. Au contraire, il vocifère encore, brandit sa canne, mais ne s'arrête pas. Il va droit à la ferme.

L'enfant se cache à l'écurie où lui parviennent les éclats de voix. Il se promet de ne plus jamais rien chaparder. On l'appelle. Plus mort que vif, les jambes lourdes, redoutant le pire, il entre dans la cuisine. La grappe a été jetée sur la table et elle exhibe aux yeux de tous la preuve de son forfait.

Le blessé de la Grande Guerre a versé son sang pour défendre la patrie, et l'enfant, bien qu'impressionné par ses mains artificielles gantées de noir, n'hésite pas à le saluer et à lui rendre éventuellement service. Une fois, il a ramassé le pain que le vieux monsieur avait laissé échapper. Une autre fois, il lui a porté sa musette. Une autre fois encore, il lui a lacé sa chaussure.

Un jour, l'enfant apprend que le héros a reçu naguère plusieurs décorations, et les sentiments de respect et d'admiration qu'il lui porte s'en trouvent accrus. Ce même jour, on a confié à l'enfant que ce grand blessé demande parfois à un passant de l'accompagner derrière un arbre pour l'aider à satisfaire un humble besoin.

Or peu de temps après, le nouveau maire a fait construire une pissotière dans le centre du village. À partir de ce jour, de peur de rencontrer le vieux monsieur dans ces parages, l'enfant ne parcourt plus cette portion de rue qu'en courant à perdre haleine.

Cette voisine est âgée. De temps à autre, quand elle monte au cimetière, elle vient chercher l'enfant. Il lui porte dans un bidon l'eau dont elle a besoin pour arroser les fleurs qu'elle aime à disposer sur ses tombes.

Le cimetière occupe un replat sur la colline et il domine le village. Pour s'y rendre, il faut emprunter un chemin au-dessus duquel l'épaisse frondaison de châtaigniers tricentenaires forme une voûte compacte. Sous cette voûte, l'enfant a peur. D'autant que des châtaigniers ont été frappés par la foudre, et qu'à certains endroits, en contre-haut du chemin, des moignons de branches, des troncs noircis et éventrés découpent leurs formes déchiquetées sur le ciel.

Lors des enterrements, quand il est près de Monsieur le Curé et des autres enfants de chœur, l'enfant n'appréhende pas de pénétrer dans cette pénombre. Mais en compagnie de cette vieille femme percluse de rhumatismes, il n'en va pas de même. S'ils étaient attaqués, elle ne lui serait d'aucun secours, et ce n'est jamais sans maugréer à l'intérieur de lui-même qu'il l'accompagne.

À ses côtés l'enfant s'ennuie. Elle marche lentement, s'arrête tous les cent pas, et il ne peut lui parler, car elle est sourde.

En cet après-midi d'un dimanche d'été, avant qu'il ne parte derrière ses vaches, il lui faut monter une nouvelle fois jusqu'au cimetière, et il est mécontent de se voir privé des deux heures dont il aurait pu profiter pour aller traîner sur la place du village.

Lorsqu'il est de retour, face à la mère qui l'interroge du regard, il déclare que lorsque cette vieille sera morte, il n'ira pas l'arroser.

Il a des raisons toutes particulières de ne pas aimer l'hiver, cette saison où les jours sont trop courts, où la nuit tombe trop tôt.

Chaque soir, quand on a achevé de traire les vaches, il doit porter un bidon de lait à une vieille dame qui habite une maison à l'écart du village. Il redoute tant de voir arriver cet instant qu'il ne cesse d'y penser durant le jour.

Il enfile une veste sur sa blouse noire, et d'une main résolue, plaque et maintient le bidon sur sa poitrine. Une fois la porte franchie, il s'enfonce non pas dans la nuit, mais dans quelque chose d'humide, de gluant, où traînent des mains prêtes à se saisir de lui et l'étrangler. La nuit, il a des cauchemars. Il est un enfant volé qu'on maltraite, qu'on abandonne dans une forêt, qu'on assassine.

En courant aussi vite qu'il peut, il emprunte d'abord la rue du village, déserte et pauvrement éclairée. Puis, il la quitte pour prendre un petit chemin où règne une nuit totale. Il accélère l'allure, son cœur lui bat dans la gorge, et c'est là que l'attendent les bohémiens qui ont peuplé ses derniers cauchemars. Parfois, alors qu'ils sont sur le point de se saisir de lui, il doit se retenir de ne pas crier.

Chez la vieille dame, il est trop essoufflé pour prononcer un mot. Il pose en hâte le bidon sur la table de cuisine et repart sur-le-champ. S'il s'attardait, il n'aurait plus le courage d'affronter à nouveau la nuit.

Quand il arrive chez lui, à la ferme, il reste dehors, accroupi sur une marche, le temps de retrouver son souffle, d'avoir moins mal aux jambes et à la poitrine. Si on découvrait à quel point il est dévoré par la peur, sans doute ne l'enverrait-on plus porter ce malheureux bidon. Sa mère devrait alors se charger de cette corvée, ou bien encore, on dirait à la vieille dame qu'il n'est pas possible de lui fournir du lait. Il ne veut surtout pas qu'on prenne une telle décision, et pour cette raison, il tient à ce qu'on ne s'aperçoive de rien lorsqu'il rentre.

Mais l'instant le plus pénible de la soirée est encore à venir.

Tous réunis autour de la longue table, ils sont en train de souper. Une fois, deux fois, trois fois, on lui a commandé d'aller chercher du vin à la cave et il n'a toujours pas bougé. À la fin le père élève la voix. Sans manifester beaucoup d'entrain, l'enfant finit par se saisir de la bouteille. En traînant les pieds, il va à la porte, l'ouvre lentement, la ferme lentement, et reste quelques secondes sur le perron. Il fait nuit noire. Soudain, il bondit, traverse la cour en quelques enjambées bien réglées, saute quatre marches, manœuvre la clé, pousse la porte d'un coup d'épaule, appuie sur le bouton électrique, dévale les escaliers quatre à quatre, court jusqu'au tonneau, tourne le robinet, attend que la bouteille se remplisse. La lumière n'éclaire que la partie centrale, devant les tonneaux, et l'espace restant est noyé dans la pénombre. De plus, la cave se prolonge par un passage qui communique avec une autre cave. C'est de cet endroit que l'homme risque de sortir pour venir à pas de loup le bâillonner et l'emporter.

Calé contre le tonneau, maudissant le robinet de ne laisser couler qu'un mince filet de vin, il fixe l'antre noir d'un œil terrifié. Mais en fait le danger peut surgir de partout. Aussi, à tout instant, il jette un bref regard à droite, à gauche, derrière lui, pour ne pas risquer de se faire surprendre. Car être surpris serait pire que de voir approcher l'homme et de se préparer à l'attaque.

La bouteille enfin pleine, il s'enfuit. Chaque enjambée, chaque geste, l'instant où il doit passer la bouteille de sa main droite dans sa main gauche, la manière dont il doit tirer la porte, tourner la clé, sauter les dernières marches, tout a été minutieusement mis au point en vue de réduire au maximum le temps nécessaire à effectuer les deux trajets.

Il pose la bouteille sur la table, et pour ne pas qu'on voie l'état dans lequel il se trouve, il va s'asseoir un moment près de la cheminée. Si on lui demande ce qu'il fait là au lieu d'être à table auprès d'eux, il répond qu'il a eu froid, qu'il a besoin de se réchauffer un moment.

Parfois, pour labourer ou sortir leur bois de la forêt, le voisin qui est l'homme le plus brave qui soit, leur prête sa paire de bœufs, et en retour, ils lui donnent un coup de main lorsqu'il a besoin d'eux.

Ce jour-là, le voisin et sa sœur sont venus prendre l'enfant et ils sont partis chercher du foin.

Lorsque l'enfant voit la vipère se glisser sous le tas de foin qui va être chargé, il prévient l'homme aussitôt. Mais celui-ci ne s'émeut pas pour si peu. L'orage menace et le temps presse. Il pique sa fourche à quelques reprises dans le tas de foin, puis continue de charger. Sur le char, sa sœur se saisit à pleins bras de la fourchée qui a été jetée devant elle, en fait un rouleau, et le tasse contre le précédent.

Il fait très chaud. Pour les protéger des mouches et des taons, on a badigeonné les bœufs à l'aide d'un liquide noir et qui sent fort, mais ils n'en sont pas moins assaillis. Ils soufflent, agitent leur tête de bas en haut, se donnent des coups de pied et des coups de queue.

Sur le chemin du retour, alors qu'ils avancent avec leur habituelle lenteur, l'homme qui surveille le ciel ne cesse de jurer et de les aiguillonner.

Les hommes manœuvrent le char pour le mettre en place et il faut aussitôt le décharger.

L'enfant est requis pour tasser le foin dans la grange. À l'intérieur de celle-ci, sous les tuiles, règnent l'obscurité et une chaleur étouffante.

Les fourchées de foin arrivent à une cadence régulière, et l'enfant, qui a le désir de donner pleine satisfaction à son voisin et grand ami, s'active avec énergie. Parfois, il glisse, s'enfonce dans un trou, reçoit un paquet de foin sur la tête ou se retrouve avec une épaisse toile d'araignée sur le visage. La sueur lui coule dans les yeux, et à cause de la poussière, il a du mal à respirer. Une ou deux fois, pour reprendre haleine, il s'approche de la fenêtre, mais le voisin le traite de petit fainéant. Il ne sait s'il parle sérieusement, et en haletant, il repart de plus belle, marche d'un mur à l'autre aussi vite qu'il peut, s'empare avec vigueur des fourchées qu'il lui faut déplacer. Et si la vipère le mord, aura-t-il le temps de revoir sa mère ?

Il tousse, ses yeux larmoient, il a perdu ses espadrilles, et bientôt son imagination s'enfièvre. Le foin le griffe, couvre ses bras, ses jambes et ses pieds nus de multiples piqûres. Il ne pourra jamais sentir si la vipère lui injecte son venin.

Pris de panique, le visage en feu, et comme s'il lui était possible de fuir la mort qui peut le frapper d'une seconde à l'autre, il accélère l'allure, puis glissant et tombant, de plus en plus affolé, de plus en plus certain qu'il ne sortira pas vivant de cette maudite grange, il se met à courir.

Une fois de plus, une fois encore, c'est une journée torride. Pourtant, il faut sortir les vaches et les mener paître.

Ce jour-là, avant de partir, l'enfant entre dans ce réduit où se trouve l'évier. Il appréhende d'y pénétrer, car il est sombre et lui paraît peuplé de présences invisibles et menaçantes. Il plonge un verre dans l'arrosoir, le retire, commence à boire. L'eau est tiède, fade, et ne rafraîchit pas. Sa mère le rejoint, lui prend le bras, et avec douceur, en cherchant ses mots, lui apprend qu'il a une autre mère, une mère qui est sa vraie mère, que cette mère vient de mourir.

Deux jours plus tard, dans un village de montagne, il assiste aux obsèques. Avec son costume et ses chaussures empruntés, il se sent tout bizarre et ne sait comment se tenir. Cet homme qui pose sa main sur sa tête, c'est son père. Ces enfants plus grands que lui, vers lesquels on le pousse pour qu'il les embrasse, ce sont sa sœur et ses deux frères. Son regard fixe et insistant interroge leurs visages. Aucun mot ne peut franchir ses lèvres. Toute la journée, il reste bouche close, reclus dans sa stupeur.

L'église lui crée une énorme surprise. Elle est toute petite, pauvre, sombre, très différente de celle qu'il connaît. Pendant la messe, il se reproche de ne pas prier.

Lorsque le cortège arrive à la hauteur de la batteuse, les hommes coupent le moteur et ils se tiennent immobiles, leur casquette à la main.

Suspendue à de grosses cordes, la bière est descendue dans la fosse. Un violent désir le saisit. Arracher le couvercle de ce cercueil, et voir son visage, son visage, son visage.

Parfois, il y a tant de brouillard qu'il ne saurait où se trouvent ses vaches si elles n'avaient chacune une cloche au cou. Il redoute particulièrement de tels matins. Habituellement, il tue le temps en observant avec acuité ce qui l'entoure, mais lorsqu'il ne peut rien voir, la matinée lui paraît devoir ne jamais finir.

Ce jour-là, le brouillard s'est progressivement levé, mais ça n'en est pas moins un matin cafardeux. Sa chienne est ailleurs et elle lui manque. Quand elle est près de lui, il a moins peur, se sent moins seul, moins abandonné. Mais il arrive parfois qu'elle s'échappe de la ferme, et il lui faut alors se résigner à partir sans elle. La mort dans l'âme, sachant que les vaches seront plus difficiles à garder, il bougonne tout le long du chemin, furieux contre cette chienne à qui il se promet d'administrer une bonne correction. Mais lorsqu'il la retrouve, sa colère est tombée. Ou s'il la gronde, elle vient à lui en rampant et gémissant, et il se reproche d'avoir voulu la frapper.

Il est debout au centre du pré. Une jambe

enroulée autour de son bâton, il s'ennuie. Soudain, un homme qu'il n'a pas entendu venir est derrière lui. Il sursaute et réprime une envie de fuir. Cet homme porte des bottes, mais il est vêtu d'un costume de ville, avec chemise blanche et cravate. Il explique qu'il est le nouveau propriétaire du château qui domine la colline. Il a l'intention d'agrandir sa propriété, et il souhaiterait que l'enfant lui indique les limites des prés avoisinants.

Heureux de cette diversion, l'enfant se met bien volontiers à son service.

Côte à côte, ils arpentent des prés, et l'enfant montre les bornes, signale leur emplacement là où elles manquent, donne le maximum d'informations sur les propriétaires.

Lorsque la matinée touche à sa fin, et que l'enfant aurait déjà dû rentrer avec ses vaches depuis plus d'une heure, l'homme lui offre de venir prendre une tasse de chocolat au château. L'enfant voudrait refuser, mais il reste sans voix.

De tous les châteaux qui s'élèvent sur les collines entourant le village, l'enfant estime que celui-ci est le plus beau. Ses toits nombreux, aux formes particulières, sont couverts de tuiles de couleurs qui luisent au soleil. Bien souvent, il passe de longs moments à les admirer.

Sur le seuil du salon, quand il voit ce parquet ciré, ces fauteuils de cuir, ces miroirs, ces tableaux, ces lustres, l'enfant est ébloui. Ses galoches sont pleines de terre et il demande la permission de les retirer. En chaussettes, redoutant de s'affaler, il avance à petits pas, les bras à l'horizontale, puis se tient debout près d'un fauteuil. Il faut toute l'insistance du châtelain pour qu'il ose précautionneusement y prendre place.

On le laisse seul quelques instants. Il songe déjà à tout ce qu'il va raconter lorsqu'il sera de retour à la maison, et en prévision de cet instant, voudrait s'appliquer à bien observer ce qu'il a sous les yeux, mais trop excité, il s'en montre incapable.

Quand on lui tend la soucoupe avec sa tasse de chocolat, il est pris de panique. Il craint qu'avec ses mains pataudes, ses gros doigts malhabiles de jeune paysan, il ne sache pas s'y prendre et ne provoque une catastrophe. Ses mains se mettent à trembler et des gouttes de sueur perlent à son front.

L'homme poursuit son enquête, pose de nombreuses questions sur les paysans du village et le retient encore un long moment.

Lorsqu'il peut enfin s'échapper, il court à perdre haleine pour rejoindre ses vaches. Mais arrivé au pré, il découvre qu'elles ont disparu, et qu'elles doivent être loin, car nul son de cloche ne lui parvient. Mais où les chercher parmi ces haies, ces buissons, ces taillis ?

En début d'après-midi, il finit par les retrouver au bas de la colline. Un vrai désastre. Le champ de betteraves est ravagé.

C'est la Sultane, la vache qu'il préfère, celle qu'il n'a jamais traitée de sale garce. En ce soir d'hiver, il est seul à l'écurie et il la veille. Elle est couchée et va vêler d'un moment à l'autre. Appuyé contre son cou, il lui parle et la gratte là où elle aime à être grattée, derrière les cornes. À différents signes, on peut constater qu'elle est inquiète et il la réconforte.

Il apprécie ce silence et cette douce chaleur qui règnent à l'écurie. Il dispose avec grand soin de la paille derrière la Sultane, afin que le veau soit reçu par ce doux tapis lorsque les hommes arc-boutés sur les cordes le tireront hors de son ventre. Aux autres vaches, il donne une petite fourchée de regain.

Il éprouve chaque fois un bouleversant plaisir à voir naître un veau, et il est tout excité par l'imminence de l'événement. Qu'importe si demain il ne sait pas ses leçons. Avec une pareille excuse, il ne devrait pas être puni.

La poche crève, le liquide s'écoule, et il change la paille, confus de l'avoir étendue trop tôt. Apparaissent les petits sabots à la corne toute pâle et tachée de sang, puis les pattes. Il est pris d'une intense émotion.

Il bondit, traverse la cour en quelques enjambées, surgit dans la cuisine, et aux hommes qui jouent à la belote, il crie sur un ton où il entre de la supplication :

— Venez vite, venez vite, c'est le pur moment.

Il est en train de faire ses devoirs. Autour de lui se poursuit la conversation. Il est justement question de cet homme et cette femme d'un certain âge qui se sont mariés récemment et dont on vient d'apprendre qu'ils attendent un enfant. Le fait est commenté et diversement apprécié. Quand la conversation s'interrompt, l'enfant auquel nul ne prête attention s'entend dire :

— Les vieux sont encore plus enragés que les jeunes.

Un silence stupéfait. Puis les rires qui éclatent, et il se tourne anxieusement vers sa mère. Elle le gronde du regard tout en ne pouvant s'empêcher de sourire.

Ils sont à une bonne distance, mais dès qu'il les aperçoit, l'enfant abandonne ses vaches et court jusqu'à eux.

Ces deux chevaux, il les connaît bien. Ce sont deux magnifiques et puissants percherons, admirablement dressés. Il suffit que leur maître prononce le mot approprié, et ils avancent ou reculent, changent d'allure, tournent à droite ou à gauche. L'homme leur parle avec douceur et semble beaucoup les aimer. L'enfant aussi les aime et les admire.

En cette aube de septembre, l'homme a commencé à labourer cette terre en bordure du bois de sapins. L'enfant reste auprès de lui, marchant dans le sillon qu'ouvre la charrue, humant la bonne odeur de la terre. Tout le matin, ayant oublié ses vaches, il accomplit ainsi d'incessants allers et retours d'un bout à l'autre du champ. Parfois, de la terre glisse dans ses galoches, mais il n'en a cure.

L'homme écoute l'enfant, le questionne, lui répond. L'enfant a les yeux qui brillent et il parle avec excitation. Pour montrer qu'il est un grand et qu'il sera très vite un homme, il emploie les gros mots qu'un enfant ne doit pas dire. L'homme rit et entre dans son jeu.

À une nouvelle malicieuse question, l'enfant donne une réponse qui laisse l'homme pantois. Celui-ci s'arrête, et poings sur les hanches, hochant la tête, il le considère d'un regard étonné, incrédule, puis il déclare :

— Toi, mon garçon, si les petits cochons ne te mangent pas, tu vas aller loin.

L'enfant est surpris par cette parole. Il n'a aucun désir de quitter son village, aucune envie d'aller loin.

Les gens du quartier passent la soirée devant l'écurie. La conversation se porte sur l'enfant, et on se raconte ce dont toute la famille s'est amusée.

Le lapin qu'on venait d'assommer et de saigner était pendu à une poutre par les pattes postérieures. Lorsque la lame avait fendu la peau gonflée du ventre et fait surgir les viscères, l'enfant s'était mis à vomir. En apprenant cela, un voisin rit bruyamment et le traite de *femmelette.* L'enfant ne pipe mot, mais ce rire l'humilie profondément.

À partir de ce jour, pour s'endurcir, chaque fois qu'il a du temps libre, il se rend à l'abattoir. Apprenti boucher, son grand frère y travaille et l'enfant y est bien accueilli. D'autant plus qu'on trouve toujours à l'occuper.

Muni de bottes trop grandes qui lui arrivent à mi-cuisse, il retire l'herbe qui emplissait une panse et la jette dans une poubelle, il aide à faire du boudin et des saucissons, il sale et plie une peau, il fouette du sang dans un baquet pour l'empêcher de coaguler... Toutefois, il est deux instants qu'il redoute : celui où le boucher lève son merlin pour frapper la bête, celui où le corps foudroyé s'abat sur le ciment avec un bruit sourd. Pour ne rien voir et ne rien entendre, il se cache derrière un pilier et se bouche les oreilles.

Un jour, il faut tuer un taureau énorme, de plus d'une tonne. Les hommes sont nombreux et excités. Après l'avoir fait sortir de la remorque, ils ont beaucoup de difficultés à lui faire franchir le seuil de l'abattoir. Quand elles arrivent là, les bêtes sentent le sang, la mort, elles se débattent et se montrent particulièrement dangereuses.

Le taureau est maintenant attaché à un anneau, au centre de l'abattoir. Mufle contre le sol, il souffle bruyamment, gronde, cherche encore à se libérer. Soulagés, n'ayant plus rien à craindre, les hommes s'accordent une pause et commentent ce qui vient de se passer. L'enfant observe la bête. Il est frappé par ses yeux. Des yeux chargés d'une bestialité qui effraie.

Soudain, d'un puissant et brutal coup de tête, le taureau arrache l'anneau mal scellé auquel il était attaché, et immédiatement, c'est la panique. Il fonce, les hommes crient, se sauvent, les seaux vont dinguer contre les murs. Adossé au pilier, l'enfant est pétrifié. Lorsque la bête arrive sur lui, il a toutefois le réflexe de faire un pas de côté. Le mufle l'effleure, de la bave écumeuse lui gicle sur les jambes et la corne frappe le pilier.

Pendant des nuits, il revit la scène. L'énorme masse furieuse fonce sur lui. Il revoit les naseaux luisants, les pointes effilées des cornes, les plis du cou, les yeux — des yeux qu'on ne peut oublier lorsqu'on les a vus en un pareil instant. Puis c'est la terreur sans nom de cette seconde où le taureau va l'embrocher et où la corne qui doit le transpercer éclate contre le ciment.

Depuis plusieurs années, le malheur est entré dans la famille et ne l'a plus quittée. En permanence, il est là qui pèse, s'infiltre dans les silences, les regards, l'expression des visages, fait vivre dans la crainte, la souffrance, l'épuisement.

Première levée et dernière couchée, la mère ne s'arrête jamais. Elle a une dizaine de bouches à nourrir, et jour après jour, sans un instant de répit, il lui faut préparer les repas, faire les vaisselles, s'occuper de la maison, du jardin et de la ferme. Pour laver le linge, elle doit prendre la brouette et se rendre au lavoir situé à une bonne distance de la maison. L'hiver, quand elle a des draps à rincer, il lui faut casser la glace couvrant les bassins. Et lorsque pendant des mois le père ne peut travailler, c'est elle qui soigne les bêtes, trait les vaches, charge et va répandre le fumier, laboure, fauche, fane, arrache les pommes de terre, rentre le maïs, les betteraves...

Pas une fois l'enfant ne l'a entendue se plaindre. Pas une seule fois elle n'a manifesté de la mauvaise humeur. L'enfant l'aime tant que son plus grand plaisir est de rester près d'elle à contempler son beau visage pendant de longues et délicieuses minutes. Mais quand il remarque son regard soucieux, son air triste et harassé, il lui vient l'envie de pleurer. Parfois, il voudrait être plus grand, afin de pouvoir la serrer dans ses bras et la soustraire à toute cette souffrance. Ce qui est certain, c'est que lorsqu'il sera un homme, il gagnera beaucoup de sous et lui fera installer l'eau sur l'évier.

Un petit chemin de terre sépare les prés de la forêt. Il est situé à quelque deux kilomètres du village, et rares sont les personnes qui l'empruntent.

L'enfant garde ses vaches sur un pré qui s'étend non loin de ce chemin, et ce matin-là, lorsqu'il aperçoit à travers un maigre taillis un groupe de jeunes garçons, il est fort intrigué. En hâte, il regroupe son troupeau au centre du pré, ordonne à sa chienne de le surveiller, et il court en direction du chemin. Lorsqu'il y parvient, ils sont déjà passés, mais il a le temps de voir que, plus grands que lui, ils sont une vingtaine et portent des chapeaux kaki.

Le lendemain, courbé derrière une haie, il guette leur passage, et lorsqu'ils arrivent, il les observe avec une âpre curiosité. Le jour suivant, il se risque à les attendre sur le chemin, et comme ils passent en chantant, ils lui sourient et lui adressent des signes de la main. Le surlendemain, ils ne sont que deux, et ils ont la gentillesse de s'arrêter pour bavarder avec lui. Ils lui apprennent qu'ils sont des scouts, qu'ils font un camp et qu'ils resteront là quatre semaines. Il ose avouer son ignorance et ils lui expliquent ce qu'est le scoutisme. Et comme il est intéressé, ils l'invitent à assister au feu de camp qui aura lieu le soir même.

Lorsque la nuit tombe, de crainte qu'on lui refuse la permission d'aller les rejoindre, il s'abstient de la demander, et il se sauve sans rien dire.

Il connaît le champ où ils ont dressé leurs tentes. Il est situé à la lisière de la forêt, dans un vallon où coule un ruisseau. Mais il est loin du village, et il ne sait s'il aura le courage d'aller jusque là-bas, puis de rentrer alors qu'il fera nuit noire. Il lui faudra longer la forêt, et à cette seule pensée, il est étreint par une angoisse qui le convainc qu'il serait fou de s'engager dans pareille aventure. Mais son désir de découvrir qui sont ces scouts finit par l'emporter, et coudes au corps, à amples, rapides et régulières foulées, il se lance dans la nuit.

Quand il arrive, qu'il aperçoit les tentes à la lueur rougeâtre et tremblante des flammes, qu'il entend ce chant en même temps qu'il les voit assis autour du feu, il s'immobilise à l'entrée du pré et demeure interdit.

On vient le chercher. Le chef le reçoit, lui présente chaque scout, lui apprend le nom des patrouilles, puis lui indique sa place dans le cercle.

À nouveau un chant s'élève.

Ce feu qui crépite, ces flammes mouvantes qui déplacent les ombres, ces visages qui se détachent sur la nuit, ces voix et ce chant qui le poignent, puis ce poids du silence qui oppresse, cette forêt qui les cerne, ces étoiles qui fourmillent dans le noir du ciel... Les émotions déferlent en lui par vagues et il oublie tout de ce qui a précédé cet instant.

Il était en sueur, mais la chaleur a fait place à une fraîcheur chargée d'humidité, et il a froid. Ses émotions sont retombées. Il se sent vide, las, et à l'idée qu'il va falloir se séparer d'eux, parcourir ce long chemin, se tordre les chevilles sur les cailloux, s'exposer aux menaces de la nuit, puis se faire gronder, le cœur lui manque. Et surtout, il pense à sa mère, à ce qu'elle doit éprouver. C'est la première fois qu'il commet une faute aussi grave. Si ces scouts savaient combien il s'est mal conduit, sans doute n'auraient-ils pas manqué de le renvoyer. Il a le sentiment de les avoir trompés et des larmes lui viennent aux yeux.

Il entend qu'on parle dans son dos. Il se retourne et distingue vaguement trois femmes. L'une d'elles s'avance, vient vers lui, et comme elle lui tend une couverture, il reconnaît sa mère.

Au cours de cette nuit sous la tente, pendant des heures, il tremble de peur et de froid. Toutes sortes de dangers peuvent surgir de la forêt et une bête qui cherche à sortir de son trou ne cesse de gratter le tapis de sol. Le bruit qu'elle fait ajoute à l'angoisse que suscitent l'obscurité et le silence. Il sait qu'il ne peut s'agir que d'une taupe, mais il ne parvient pas à se raisonner, et il se méprise d'être incapable de vaincre sa peur.

Les scouts l'ont pris en amitié, et il supplie tant sa mère qu'elle lui permet d'aller chaque nuit dormir avec eux sous la tente. Mais il a l'obligation d'être là chaque matin à la première heure pour aller garder ses vaches.

Un jour, après lui avoir posé toute une série de questions, le chef de troupe, un homme d'environ vingt-cinq ans, lui demande s'il aimerait devenir leur frère scout. Toutefois, il devra se soumettre à un certain nombre d'épreuves. S'il les réussit, il aura l'honneur, au cours d'une cérémonie, de passer sa promesse, et il sera alors admis à faire partie de la Troupe Saint-Michel.

Il accepte avec empressement et il part avec les deux livres qu'on lui prête.

Seul avec ses vaches pendant des heures, il lit et relit ces ouvrages, en apprend des pages par cœur. Une passion vient de s'emparer de lui. Elle le dévore.

Sa mère est mise à contribution. Qu'elle soit occupée à éplucher des pommes de terre, à laver du linge, à traire une vache, il se tient à ses côtés, lui récite mot à mot ce qui s'est imprimé dans sa mémoire, insiste pour qu'elle pose des questions et vérifie s'il a une bonne compréhension de ce qu'il a appris.

L'une après l'autre, il réussit ses épreuves, et chaque fois, on lui délivre un papier orné des reproductions de quinze badges, certifiant qu'il a obtenu le brevet de guide, mains habiles, secourisme, matelotage...

Un soir, devant les patrouilles rassemblées, sa main gauche tendue à l'horizontale sur le drapeau tricolore tenu à bout de bras par le chef de la patrouille dont il sera membre, sa main droite faisant le salut scout, il prononce avec gravité les mots qui l'introduisent dans un autre monde.

Le lendemain, pour eux tous, c'est le grand départ. Mais lui, il reste.

Quand il arrive à la ferme, au petit matin, et que la mère voit ses paupières bouffies, son regard fixe, son air hagard, elle le prend dans ses bras, passe une main dans ses cheveux, lui parle avec tendresse. En patois, alors qu'elle prépare pour l'enfant des tartines et un bol de café au lait, elle explique au père que leur petit fou doit rester à la maison, et que c'est à lui ce matin de sortir les bêtes.

Parfois il songe à ce qu'il fera lorsqu'il aura l'âge de travailler. Sera-t-il ouvrier agricole, cordonnier, ramoneur, bûcheron, cantonnier ? À quatorze ans, au sortir de l'école, sera-t-il engagé par le charron-croque-mort, par le menuisier, le maçon, le carreleur ? Apprendra-t-il le métier de boucher au tout proche abattoir où il aime à effectuer de petits travaux ? Il ne peut deviner, n'a aucune préférence. De toute façon, il sait qu'il n'aura pas à choisir. Il ira là où on voudra bien l'embaucher.

Un jour, comme ils sortaient de l'école, était apparu sur la place un garçon d'une quinzaine d'années, vêtu d'un uniforme de drap bleu et coiffé d'un béret noir incliné sur l'oreille. Stupéfaits, ils s'étaient groupés autour de lui et l'avaient assailli de questions. Tout en leur racontant avec complaisance sa vie de jeune militaire qui pratiquait plusieurs sports et deviendrait sous-officier, il leur avait appris qu'il existait en France des écoles d'enfants de troupe...

Les lentes années s'écoulèrent. L'enfant alla vivre ailleurs. Partit sans joie pour une nouvelle vie. Des souvenirs qu'il gardait de cette époque, certains s'effacèrent, d'autres demeurèrent vivaces. Aux heures d'ennui, de solitude, de cafard, le jeu imprévisible et capricieux de la mémoire faisait parfois resurgir

les petits lièvres qui fuyaient devant la lame de la faucheuse, creusant des sillons dans l'herbe scintillante de rosée, un matin de juin

le blaireau qu'on avait trouvé suspendu à un collet et qui resta toute une soirée étendu sur les carreaux disjoints de la cuisine

les visites anxieuses et renouvelées qu'il rendait à tel ou tel de ses copains pour le supplier d'aller garder les vaches avec lui l'odeur du marc dans le brouillard de novembre, lorsqu'il s'enfonçait jusqu'aux cuisses dans le tas brûlant de grappes et de peaux de raisin qu'on venait de retirer de l'alambic

le soir où, en l'absence d'un des joueurs, on l'avait enrôlé pour une partie de belote, et durant celle-ci, son partenaire, le gros Marcel, n'avait cessé de l'engueuler d'une voix furieuse et tonitruante

l'odeur dans la rue déserte et silencieuse de quelques abricots avariés et jetés dans un cageot abandonné devant l'épicerie — odeur qui se confondrait à jamais avec la torpeur d'une journée torride

cet inoubliable dimanche d'été où le fils du marguillier lui avait offert une glace — et c'était la première fois qu'il en dégustait une

la couleuvre coupée en deux par le coutre de la charrue et qu'il observa longuement dans le but d'en faire une description précise et détaillée à sa classe lors de la leçon de choses

ce premier matin à la grande école, quand il avait réussi l'exploit de faire plus de vingt fautes dans une dictée de quelques lignes et qu'il avait été la risée de la classe cet homme dont il avait peur et qui, souvent ivre, traversait le village en insultant sa femme. Un jour, après avoir été réprimandé par les gendarmes qui lui reprochaient de se placarder sur la poitrine toute une batterie de décorations qu'il n'avait point le droit de porter, il s'était cru déshonoré et était allé se pendre dans un bois

cet ancien coureur cycliste, réparateur de vélos, qui lui racontait ses courses et près duquel il passait des heures émerveillées

les soirs où le père préparait ses osiers près de la cheminée

le chat qui allait voler des saucisses à l'abattoir et qui les apportait à la chienne

pendant des jours et des nuits, ce gargouillis de l'eau tombant du toit par le large trou d'un cheneau crevé

le curé qui se fâchait tout rouge quand l'enfant tardait à donner un répons ou se trompait de burette

ce jour où une vipère l'avait attaqué. Elle traversait la route devant lui, et il avait voulu la tuer d'un coup de talon, mais il n'avait réussi qu'à la blesser. À plusieurs reprises, elle s'était enroulée sur elle-même, puis détendue comme un ressort, sa langue fourchue jaillissant à quelques centimètres de son visage. Il s'était défendu avec son bâton et avait été long à se remettre de sa frayeur

ces matins d'hiver où il courait dans la nuit, parfois sous la pluie ou la neige, pour aller servir la messe. Le froid de la pierre mordait les genoux nus. Mal réveillé, grelottant, il devenait soudain proie d'un ennui, d'une lassitude, d'un accablement qui ne le quittait plus de toute la journée

cette panique qui l'avait saisi — il était loin du village et le jour se levait — en découvrant au bord du chemin un homme inanimé, allongé face contre terre. Il avait aussitôt pensé à un crime. L'homme était simplement ivre mort et s'était écroulé là en rentrant d'un village proche où — selon une expression que l'enfant avait souvent entendue — il avait un peu trop mouillé la meule

ce jour où seul avec ses vaches, pour tromper son ennui, il avait tant chanté et hurlé qu'il s'était cassé la voix

la trapéziste que les feux des projecteurs avaient fait surgir de la nuit, sous le chapiteau, à une hauteur impressionnante, et dont le corps quasiment nu lui avait causé une vive émotion

ces journées maussades où, le front contre la vitre, il regardait pendant des heures tomber la pluie la belle petite échelle en bois de frêne, à cinq barreaux, fabriquée par son père — son seul jouet — et qu'il avait retrouvée brisée après la seule visite que lui avait rendue l'un des deux frères rencontrés lors des obsèques de la mère

cette femme à l'esprit dérangé, vêtue de robes superposées et froufroutantes, coiffée d'une capeline et riant aux éclats, affalée au milieu de ses sacs et paniers sur les marches de l'église

ce jour où l'instituteur qui battait souvent ses élèves, lui avait démis le pouce et où l'enfant s'était sauvé. Il avait obstinément refusé de retourner chez ce maître et on avait dû le changer d'école

ce soir d'automne où il avait perçu que quelque chose d'inhabituel se préparait, où on l'avait envoyé chez des voisins, et où, à son retour, il avait découvert qu'un petit frère lui était né. L'enfant s'était pris d'une immense affection pour ce bébé. Durant les soirs d'hiver, quand on roulait le berceau près de la cuisinière, bouleversé d'émotion, il aimait regarder dormir ce petit être

ce voisin qui effectuait de fréquents séjours à l'asile. Chaque fois que l'enfant quittait la ferme pour se rendre dans le village, il devait passer devant sa maison et il était terrifié. D'une extrême maigreur, le visage ravagé, les yeux brillants profondément enfoncés dans les orbites, l'homme venait dans leur cour, se juchait parfois sur un char, et l'index pointé sur eux, proférait des menaces d'une voix fiévreuse, puis poursuivait par un long discours sur la proche fin du monde et de l'humanité

la cour où il a passé tant d'heures, la cour sous la pluie, sous la neige, sous le dur soleil de l'implacable été, la cour des matins d'automne et de brouillard quand il partait pour toute la journée avec ses vaches, la cour des jours de batteuse, de vendanges, les chars de foin, de bois, les tombereaux de betteraves ou de pommes de terre, la cour avec la porte de la cave en face de la cuisine, avec les centaines d'épis de maïs suspendus aux poutres de l'avant-toit, puis l'écurie, et à côté de la porte, la pompe à purin et le tas de fumier, puis le large portail de bois, puis les troncs entreposés contre le mur du jardin, puis le hangar avec la charrue, la faucheuse, les différents chariots, la cour où il aimait à se trouver, la cour d'où il s'échappait fréquemment pour aller se mêler à la vie du village

les images — certaines floues, d'autres des plus nettes — qu'il gardait des quelques jours passés dans un hôpital alors qu'il avait trois ans. Durant les premiers mois de son existence, il avait tant pleuré qu'il s'était fait une hernie — nous te bercions jour et nuit, lui avait-on dit lorsqu'il fut grand, mais nous ne pouvions t'empêcher de pleurer — et deux ans plus tard, il avait fallu l'opérer de toute urgence le casse-tête qui se posait à lui chaque matin, quand ne restait plus au fond de son bol de café au lait qu'un seul des morceaux de pain qu'il avait mis à tremper, et qu'il s'agissait de décider s'il serait pour la chienne ou pour lui. Chaque fois qu'il cédait à son odieux égoïsme, il s'ensuivait un âpre débat de conscience, il remâchait ses remords, ne pouvait chasser de sa pensée le regard suppliant de sa chienne

ce plaisir indéfinissable qu'il ressentait à être plus intensément avec lui-même lorsque les denses brouillards d'automne faisaient disparaître et oublier le monde

ces deux hommes qui après une épuisante journée de travail se plaignaient de leur pauvreté, de la dureté de leur existence, reconnaissaient avec amertume qu'ils ne pourraient jamais avoir une vie meilleure, et près d'eux, bouleversé, l'enfant pleurait en silence dans la nuit

la joie qu'il avait éprouvée le jour où, faisant le clown sur un vieux vélo, il avait réussi à faire rire le père

les instants d'indicible bonheur passés au long des ans près de cette mère qui par son exemple lui avait tout enseigné, et à laquelle, lorsqu'il fut loin, il ne pouvait penser sans en avoir le cœur chaviré...

Dimanches d'été

Je suis assis en plein soleil sur le tronc d'un vieux chêne couché contre le mur de la fosse à purin. Du pouce, je détache des morceaux d'écorce et regarde fuir les petites bêtes qui vivaient là. Il fait une chaleur lourde, écrasante, et tout semble mort.

Elle se tient à l'ombre, près de moi, et nos regards se croisent.

— Il va falloir que tu m'accompagnes, lui dis-je à voix basse. Sans toi, je ne pourrai aller jusque là-bas.

Le silence est rompu de temps à autre par le coup sourd d'un sabot frappant un ventre, ou le bruit mat d'une chaîne heurtant le bois d'une mangeoire. La porte de l'écurie est ouverte, et je peux voir qu'elles sont toutes debout, harcelées par les mouches et les taons. Aujourd'hui, je les envoie au diable, je les déteste. La chance veut que ce dimanche soit différent des autres. En raison de la canicule, les vêpres ont été supprimées, et j'aurais pu être libre jusqu'au soir. Mais à cause d'elles, je devrai être là dès cinq heures, pour les mener Sous-Sénèche, le seul pré où il y ait encore un peu d'herbe.

Le patron, la patronne et le Marius, un ouvrier saisonnier, sont allés faire la sieste, et j'attends encore un peu avant de m'échapper. Je suis joyeux et impatient, anxieux, formidablement excité.

— Toi aussi tu es impatiente ?

Elle vient à moi, me regarde de ses yeux aimants, et je la prends dans mes bras.

— Ma pauvre... Quelle chaleur...

Elle me lèche le visage avec vigueur, et je veille simplement à ce que sa langue ne rencontre pas mes lèvres.

Je suis en sueur et respire avec difficulté. Je contourne le hangar, remplis d'eau un baquet, et à trois reprises, y plonge la tête jusqu'au cou. Puis je reviens m'asseoir sur le vieux chêne. Du son me colle au visage et je le fais tomber d'un rapide geste de la main.

Enfin les deux coups que j'attends sonnent au clocher. Aussitôt, je suis debout et nous voilà partis.

Pour traverser le village, j'enfile mes espadrilles. Et à l'entrée du bois, je les quitte. Ce sont celles que je mets le dimanche et je tiens à les garder neuves. Et puis, l'été, j'ai l'habitude de ne pas porter de chaussures. Je peux marcher pieds nus sans dommage dans les chaumes ou sur les cailloux des chemins.

Je n'aime pas ce bois de Charmontay. On raconte qu'avant, dans l'ancien temps, on y a vu des loups. Et l'année dernière, le corps d'un chasseur a été trouvé sur le bord du chemin. Les plombs lui avaient arraché une partie du visage. Quand je passe là, avec mes vaches, mon cœur bat à se rompre, et je les frappe tant que je peux, soucieux de m'éloigner de cet endroit au plus vite.

Il fait sombre sous la voûte des arbres, mais il n'y règne aucune fraîcheur. Parvenu en haut de la première côte, je m'arrête et m'agenouille près d'elle. Avec sa longue langue pendante et sa respiration précipitée, il semble qu'elle supporte la chaleur moins bien que moi.

Des insectes, des taons et de grosses mouches bourdonnent, mais on n'entend aucun chant d'oiseaux, et cette torpeur semble grosse d'innombrables menaces. Ce qui me hante, c'est la peur de rencontrer Jésus-Christ. Si je le vois surgir devant moi, je crois bien que je mourrai de frayeur.

— Il ne faut pas que tu t'éloignes un seul instant. Et si tu me gardes bien, mon bol de café au lait, demain matin, sera pour toi.

J'ai parlé à voix basse, attentif à ne pas signaler notre présence.

Je repars et me mets à courir. Tenant d'une main mes espadrilles, et de l'autre, serrant fermement son collier, j'ai curieusement le sentiment de jouir d'une double protection. La peur qui, il y a quelques secondes, a failli me submerger, s'est estompée, et je sais maintenant que je ne rebrousserai pas chemin.

De temps à autre, en haletant, je lui chuchote quelques mots d'encouragement. J'avance d'une foulée régulière, scrutant l'herbe devant moi, pour ne pas risquer de poser le pied sur une vipère.

Il me faut m'arrêter. Le visage ruisselant, la poitrine en feu, je mets du temps à retrouver mon souffle. La main qui tenait si fort son collier me fait mal, et je la lui présente. Elle la lèche de sa langue sèche et râpeuse, et je suis si heureux de pouvoir compter sur elle, qu'une fois de plus, je la serre contre moi.

Comme je me trouve à genoux, je me mets à prier. Avec ardeur. Je demande à la Sainte Vierge de me donner du courage, de me protéger de ces hommes qui étranglent les enfants, de sortir victorieux du défi que je me suis lancé. Je la supplie surtout d'intervenir pour que je ne rencontre pas Jésus-Christ. En échange, je lui promets de bien dire mes prières du matin et du soir, et de ne pas rêvasser tout le temps que dure la grand-messe, le dimanche matin.

Je me remets en route, alternant la marche et la course. Je sors enfin du bois, traverse un pré, des terres qui viennent d'être moissonnées, descends dans un ravin, m'engage dans l'allée des Saules. La forme de ces arbres m'étonne, mais je ne m'attarde pas à les contempler. Je sais que je vais bientôt arriver, et je cours aussi vite que je peux. André, le fils du maquignon, m'a bien expliqué le chemin qu'il me fallait suivre, et je suis fier de ne m'être jamais trompé.

Sourd, encore lointain, le grondement me parvient en même temps qu'une odeur fade d'eau croupissante, de vase, de mousses en décomposition.

La rivière est sur ma gauche, et je remonte le sentier qui sinue entre des bosquets de jeunes saules. Je me glisse sous des barbelés, coupe à travers les communaux et me trouve enfin en ce lieu dont j'ai si souvent rêvé.

L'eau qui glisse au-dessus du barrage tombe de plusieurs mètres de haut et le vacarme est assourdissant. Je reste à bonne distance, dissimulé derrière une espèce de petit sapin tout rabougri. Des jeunes gens sont là, tous en maillot de bain, et j'éprouve de la gêne à les voir quasiment nus. Ils s'amusent, courent, jouent au ballon, crient, nagent, plongent, et je demeure là de longues minutes, figé, en état de stupeur, dévorant des yeux le corps de ces jeunes filles étendues au soleil.

J'aperçois Christiane, la fille de la bouchère. Elle a trois ans de plus que moi, je ne lui ai jamais parlé, mais je l'aime en secret, et c'est souvent que je prie pour elle. Je m'avance de quelques mètres. Et soudain, je la vois venir dans ma direction. Sa poitrine tendue vers moi, son ventre, ses cuisses... De trouble, d'émotion, je tombe à genoux et je serre ma Loulette contre moi. Christiane tire une serviette de son sac, et fort heureusement, repart sans m'avoir vu.

Je n'ose aller demander l'heure et je cherche à l'évaluer en considérant l'ombre des arbres. À travers les basses branches de ceux qui s'élèvent sur la rive, j'aperçois une eau lisse, noire, immobile, et je suis pris d'une telle angoisse que je m'enfuis sur-le-champ.

Le retour m'a paru moins long que l'aller, et je ne me suis reposé qu'à deux ou trois reprises. Pendant une grande partie du parcours, j'ai prié pour Christiane. Et aussi pour ma Loulette. Par crainte de rester seul, je ne lui ai pas permis d'aller boire et j'en avais des remords.

Chaque jour, dès que j'ai un moment de libre, je me faufile jusqu'au fond du hangar, et là, caché derrière le tombereau et couché en travers d'une botte de paille, je m'applique à faire les mouvements. Je les décompose avec lenteur en comptant à voix basse, veille à bien les coordonner, inspire en tenant les lèvres serrées et m'attache à garder une respiration régulière.

Je brûle d'impatience d'être à dimanche. J'estime que si je sais ne pas m'affoler à l'instant décisif, tout devrait se passer comme je l'ai prévu.

Chaque fois que le patron me voit sortir du hangar, il me demande ce que j'y fabrique. Je lui montre alors les quelques œufs que je rapporte, et me garde bien de lui dire que c'est moi qui les ai au préalable emportés sous ma chemise.

Le dimanche venu, dès que j'arrive, accompagné de ma Loulette, je m'embusque derrière le petit sapin. Il fait une chaleur torride, et j'ai du mal à retrouver mon souffle. Le fracas de l'eau qui tombe ne m'empêche pas d'entendre le sifflement rauque de ma respiration haletante et je ne suis pas fier d'être là.

Soudain, je vois cette vache. Un flot de sang s'échappe de sa bouche, enveloppé d'une abondante salive qui scintille dans la vive lumière du soleil. Je cours vers elle. Mais ce flot de sang n'est autre qu'une robe rouge qu'elle mâche placidement. Je veux la lui reprendre, mais elle s'enfuit, pourchassée par la chienne.

Je me porte vers les baigneurs pour signaler ce que je viens de voir. Aucun d'eux ne joue, et je remarque qu'ils sont tous rassemblés à l'ombre d'un immense peuplier. Je m'approche du groupe et je trouve curieux qu'il y ait là un homme vêtu d'un costume sombre. Je reconnais Monsieur le Curé, et je le vois passer une étole sur sa nuque. Le silence se fait total, tous se mettent en rond, et c'est alors que j'aperçois le corps étendu, le visage livide, la sacoche ouverte du médecin. Monsieur le Curé reste à genoux et marmonne les prières de l'extrême-onction. Quand il a terminé, deux hommes apportent une échelle, et ils emmènent le corps après l'avoir recouvert d'une serviette.

Je reviens lentement à moi, mais c'est pour connaître une violente émotion. Jésus-Christ est à mes côtés. Il est grand, fort, porte une longue barbe, de longs cheveux blonds, et son corps est brûlé par le soleil. Je suis surpris de voir que des jeunes osent lui parler, et proprement ahuri de découvrir qu'il a un bon regard, qu'il s'exprime d'une voix douce. On raconte tant de choses à son propos. Je sais que pendant des années il a été marin et qu'il est allé un peu partout dans le monde. Depuis qu'il est revenu ici, il s'est construit une hutte dans les bois et on dit qu'il vit comme un vrai sauvage. On affirme même que l'hiver, il ne porte qu'une simple chemisette et qu'il est capable de casser la glace pour pouvoir se baigner.

Mes jambes tremblent et je vais m'asseoir sur une grosse racine qui sort de terre.

Pour rentrer, je n'ai pas la force de courir. Et je

n'ai pas davantage le cœur à prier pour celui que Dieu vient de rappeler à lui.

J'arrive à la ferme avec plus d'une heure de retard. Mais je ne suis pas grondé. Mon patron est ivre, et lorsqu'il se trouve dans cet état, il est hilare et se montre débonnaire. Mais c'est alors la patronne qui ne décolère pas et il vaut mieux en de tels moments savoir l'éviter.

Je ne renonce pas à mon projet, mais durant la semaine qui suit, je ne retourne pas une seule fois au fond du hangar. Le dimanche, c'est la fête du village, et je choisis de me rendre sur la place, traîne un moment autour des manèges, regarde évoluer les danseurs. L'entrée du bal est gratuite et je pourrais aller rejoindre Christiane, mais je n'ai pas ce courage. Je suis même gêné de la voir se risquer à tenter quelques pas, tout empêtrée et rougissante.

Je suis d'une humeur grincheuse et je préfère rentrer à la ferme. J'entraîne ma Loulette à l'écart, nous nous étendons à l'ombre d'un pommier, et ma main caressant son ventre, je lui confie ce qui m'étreint.

La semaine traîne en longueur et j'ai le sentiment que le dimanche n'arrivera jamais.

Enfin je peux m'échapper. Depuis que j'ai vu Jésus-Christ, j'ai moins peur de traverser le bois. Et pourtant, ce jour-là, en arrivant près de l'Écotait, un étroit ruisseau où grouillent des écrevisses, je connais une frayeur telle que je reste trois jours sans pouvoir parler.

Le chemin descend, je cours avec aisance, lorsqu'à une cinquantaine de mètres devant moi ils surgissent tous trois d'un petit sentier. Si j'ai peur, c'est parce que je n'étais pas sur mes gardes et que j'ai été surpris. Dès que je les vois, je fais demi-tour et détale aussi vite que je peux.

Une fois, je les ai aperçus sur le champ de foire. Ce sont trois bûcherons italiens qui à longueur d'année fabriquent du charbon de bois et n'ont pas d'autre logement que la hutte de branchages et de terre qu'ils ont bâtie là où ils travaillent. Ils ont le visage mâchuré, des vêtements en loques et on dirait des vagabonds. Je n'aurais pas dû avoir peur, mais il y a quelque temps, un paysan du village nous a parlé d'eux, et il m'a appris que parfois, ils volaient des enfants et les abandonnaient au fond des forêts. Ces paroles se sont gravées en moi, et lorsque je les ai vus, j'ai su immédiatement que je devais m'enfuir à toutes jambes.

Ensuite, les trois heures que je passe à garder mes vaches me paraissent interminables. Je pense à ma vie à la ferme et j'ai le cafard. Je sais qu'ils ne m'aiment pas. Pourtant, je suis docile, obéissant, m'efforce de bien les aider et leur donner satisfaction. Quand ils me parlent, c'est sur un ton sec, où se glisse de l'irritation ou du mépris, tandis que lorsqu'ils s'adressent à la chienne, et je l'ai souvent remarqué, leur voix se fait douce, affectueuse.

Il pleut sans discontinuer pendant une quinzaine de jours et on sent que l'automne approche. Parfois, je désespère de pouvoir retourner au barrage. Toutefois, je continue d'effectuer de temps à autre mes mouvements au fond du hangar. Je suis presque toujours seul et je passe mon temps à me convaincre que rien ne m'empêchera d'accomplir ce que je me suis promis de faire.

La pluie cesse. C'est un dimanche gris et froid. Mais je sais que si je ne profite pas de cette journée, ma tentative sera repoussée à l'été prochain. Je décide donc que ce sera le grand jour.

Je dois sortir mes vaches à trois heures et je dispose de peu de temps. À midi, je prétends que je suis malade et que je n'ai pas faim. Je m'enfuis pendant qu'ils sont encore à table. J'emporte dans une feuille de journal le maillot que j'ai emprunté, un morceau de pain et un fromage.

Quand j'arrive, je suis surpris de trouver l'endroit désert. De loin, je peux voir que la rivière a monté et le fracas provenant du barrage suscite en moi une angoisse qui me fait regretter d'être venu. Sans le soleil, sans les baigneurs, sans leurs jeux et leurs rires, ce coin est lugubre. Il n'a plus rien de commun avec celui que je garde en mémoire et où je suis si souvent revenu en pensée. J'ai froid, j'ai faim, me sens seul, perdu, livré au danger, loin de tout secours possible, et je suis sans défense contre cette détresse qui me submerge.

Je m'impose de réagir et de ne pas perdre de temps. Je me cache derrière un buisson pour me déshabiller et enfiler le maillot. Puis j'avance jusqu'à la rive, à proximité du plongeoir. C'est la première fois que je m'en approche. L'eau est trouble, d'un vert sombre, et je ne parviens pas à chasser de mon esprit la vision d'un visage exsangue, de ce corps inerte auquel Monsieur le Curé donnait l'extrême-onction.

J'attache ma Loulette à un piquet. Je sais que rien de mal ne peut m'arriver. Hier soir, j'ai achevé une neuvaine à Notre-Dame-du-Sacré-Cœur et la Sainte Vierge ne me quitte pas des yeux. Je pense aussi à Christiane, à cet instant, au bal, où ses fins cheveux blonds ont glissé sur son visage.

Je prends mon élan, cours, mais quelque chose de plus fort que ma résolution me retient, m'entrave, me fait trébucher et me plaque à terre. Je reste là de longues minutes, accablé, anéanti, me résignant piteusement à ma défaite. Puis je m'injurie, me traite de lâche, prends conscience que je ne serai jamais un homme. Et je revois leurs sourires quand ils étaient tous à se moquer de moi, parce que je suis le seul de la classe à ne pas savoir nager.

Je prends une profonde inspiration, m'élance, cours, ferme les yeux, me jette en avant. Une main géante se referme sur mon corps, immobilise mes bras et mes jambes, écrase ma poitrine, m'empêche de respirer. Étonné d'être encore en vie, je suffoque, me débats, coule, reviens à la surface, cherche à saisir des branches. L'eau glacée a pénétré à l'intérieur de mes oreilles, le vacarme est assourdissant, et cependant, je l'entends japper, geindre, pleurer. Puis je la vois se débattre, casser la ficelle, se jeter à l'eau. Ma panique est à son comble. Je suis hors de moi, crie, l'appelle, veux lui porter secours. Et je me rends compte soudain que le courant m'entraîne, qu'il va s'accélérant, que je suis sur le point d'être emporté par cette masse d'eau qui franchit le barrage et tombe en grondant dans un jaillissement d'écume.

En un sursaut de volonté, je me reprends. Et dominant mon affolement, refusant de mourir, je me bats, lutte, effectue sans trop de hâte mes mouvements, nage avec décision et vigueur.

Le soir, durant le repas, j'ai du mal à contenir mon allégresse, et sens que je pourrais faire un peu n'importe quoi. Par exemple, sauter sur la table, me dresser de toute ma hauteur et leur révéler d'une voix nette ce que j'ai eu l'audace et le courage d'accomplir. Mais à ma joie se mêle de la colère. Car ils continuent de me parler comme avant. Ils n'ont pas perçu que je suis devenu quelqu'un d'autre.

Second trimestre

28 janvier

Ils ne m'ont toujours pas écrit. Et pourtant, voici bientôt un mois que nous sommes rentrés de permission. Bien sûr, je serais heureux d'avoir de leurs nouvelles, mais surtout, j'aimerais qu'ils me parlent de Marguerite. En cet instant, j'éprouve une grande joie. Je viens de conclure un marché avec Robert. Quand il recevra une lettre de sa maman, il me permettra de la lire, et en échange, je lui donnerai deux desserts. Quand il s'agira d'une lettre de sa sœur, je lui en devrai quatre, et il acceptera qu'elle devienne ma propriété. Je pourrai ainsi la savourer tout à loisir et la relire autant de fois que je voudrai. Quel chic type !

30 janvier

Depuis la rentrée, j'ai bien travaillé et obtenu de bonnes notes. Mais ces jours, je délaisse mon travail et les professeurs sont beaucoup moins contents de moi. J'ai trop souvent le cafard, et en fin de journée, pendant les deux heures d'études que nous avons, je n'arrive pas à me concentrer.

Au lieu de faire mes devoirs et apprendre mes leçons, je rêvasse, pense à tout un tas de choses qui n'ont rien à voir avec ma vie à la caserne. On m'a volé mon ceinturon.

31 janvier

À midi, après le rapport, j'ai été retenu par l'adjudant et suis arrivé bon dernier au réfectoire. À ma table, ils avaient déjà tout raflé. Robert m'a offert ses trois figues.

3 février

Le mardi est pour moi le meilleur jour de la semaine. Pendant trois heures, nous avons M. Gordon, notre professeur de français. On peut lui poser n'importe quelle question, il sait toujours répondre. Et il parle avec une telle facilité. S'il pouvait deviner combien je l'admire ! J'ai eu treize à ma rédaction et suis quatrième. J'aimerais bien qu'il soit mon papa.

5 février

À midi, j'ai failli avoir des ennuis avec un ancien. À la sortie du réfectoire, il y avait un attroupement dans le couloir et j'en ai profité pour essayer de filer en douce. Mais un grand m'a aperçu, et à son regard, j'ai vite compris que j'avais tout intérêt à lui remettre sans tarder mon morceau de pain. Depuis, je n'ai pas décoléré. Mais que pouvais-je faire d'autre ?

6 février

Le chef de la deuxième section ne m'aime guère et je le lui rends bien. Ce matin, j'ai encore eu une histoire avec lui. Je l'ai croisé une première fois près du bureau du capitaine et je l'ai salué. Puis quelques minutes plus tard, le croisant une seconde fois, je me suis abstenu de renouveler mon salut. Il l'a remarqué et s'est aussitôt emporté. J'ai essayé de me justifier, mais il n'a rien voulu entendre. Et comme je bougonnais, il m'a menacé de me faire tondre. Pour ne pas qu'il puisse s'offrir un jour cette joie, j'ai voulu prendre les devants. Illico, j'ai foncé chez le coiffeur et lui ai demandé de me raser le crâne. Il a refusé.

7 février

Toujours aucune nouvelle de Marguerite. En fin de rapport, quand on distribue le courrier, mon cœur bat à grands coups. Mais il n'y a jamais rien pour moi. Voici une semaine que Robert n'a pas reçu de lettre. Il est vrai qu'il tarde à répondre. Aussi, ce soir, je lui ai préparé un brouillon et lui ai suggéré de le recopier. Mais il m'a envoyé balader.

8 février

Ce matin, lors de la cérémonie aux couleurs, il y a eu un épisode amusant. À la seconde où le pavillon s'immobilisait, en haut du mât, un corbeau s'est posé sur son faîte. Immédiatement, Lucien s'est mis à croasser. Il faut reconnaître qu'il imite le chant des oiseaux à la perfection. Nous avons tous éclaté de rire. Mais comme j'ai été un des derniers à reprendre mon sérieux, le chef m'a puni. À vrai dire pas bien gravement. Cinq tours de cour au pas de gymnastique. Mais Lucien est convoqué chez le capitaine.

10 février

Je me demande s'il existe. Hier, Varin a reçu un colis. Mais il n'a rien donné à personne. Quand nous étions tous au lit, je l'ai entendu se relever. Il prenait des précautions mais le papier crissait. Il a intérêt à ne pas me demander un service. J'aime de plus en plus la géographie.

11 février

Robert a reçu une lettre de sa maman et j'ai pu la lire à deux reprises. Elle a une belle écriture. Je ne cesse d'interroger Robert au sujet de ses parents. Il me traite de casse-pieds, mais se laisse faire avec beaucoup de gentillesse. Il est mon meilleur copain.

12 février

Revue de brodequins. Les miens ont déjà beaucoup servi et ont dû être ressemelés à plusieurs reprises. Le cuir en est tout usé et les clous ne tiennent guère. Il en manquait dix. Le sergent m'a engueulé. Je lui ai demandé si je devais marcher en chaussettes et il m'a retourné une gifle qui m'a vraiment fait mal. La joue me brûle mais je m'en moque.

14 février

Le dimanche est le jour le plus difficile. Je m'ennuie, je m'ennuie, je m'ennuie. Et je pense à eux, à Marguerite, à mon village, aux amis que j'y ai laissés. Ce soir, j'aurais aimé dire ici tout ce qui me pèse, mais j'ai un tel cafard que je n'ai plus le goût d'écrire. J'ai passé mes deux heures d'étude à rêvasser.

15 février

Ces cours d'allemand, je les déteste. Je connais mes déclinaisons, les règles de grammaire, apprends méthodiquement mon vocabulaire après chaque leçon, mais le professeur parle si fort, il est si énervé, que lorsqu'il pointe son index sur moi, ma mémoire se vide, je perds tous mes moyens. Aujourd'hui, j'ai écopé d'un troisième zéro. Ce qui m'est le plus pénible, ce n'est pas cette note, mais le fait qu'il commence à me considérer comme un cancre.

17 février

J'ai faim. J'ai froid. J'ai le cafard. Les prochaines permissions n'arriveront jamais. Je mourrai avant, usé par l'ennui.

19 février

Les jours se ressemblent. Le temps n'avance plus. Depuis trois jours, le ciel est noir et il tombe une pluie glaciale. Dorénavant, en me mettant au lit, je garderai ma chemise sous mon pyjama. Sinon, le matin, elle est tout humide, et il n'est guère agréable d'avoir à l'enfiler.

20 février

Il a fallu que je leur envoie six lettres pour qu'ils se décident à m'écrire. C'est elle qui a pris la plume. Juste une vingtaine de lignes pour me dire qu'ils vont bien et que l'hiver est rude. Aucune nouvelle de Marguerite. Ça ne fait rien. J'étais drôlement content d'être appelé et de recevoir une enveloppe à mon nom. Je viens de leur répondre. Lucien sera privé d'un jour de permission. Je le plains.

22 février

Notre équipe de rugby junior a encore triomphé ! 30 à 0 ! J'aime bien quand ils gagnent par un score élevé et qu'ils écrasent ces péquenots de civils !

23 février

S'il est bon, pourquoi permet-il qu'on souffre, qu'on soit malheureux ? J'ai récolté une mauvaise note en instruction militaire. Un fusil en pièces détachées était posé sur une table et je devais le remonter, mais je n'ai pas su. Le sergent l'a mal pris, car il venait de passer une heure à nous apprendre les noms de ces différentes pièces et à nous montrer comment elles s'ajustaient entre elles. J'aurais dû être plus attentif. Encore 50 jours.

26 février

Il paraît que notre chef de section va nous quitter. Je ne vais pas le regretter, car il se montre un peu trop heureux de nous en faire baver. (J'ai longtemps hésité à tracer ces mots. J'ai toujours peur qu'on me surprenne à écrire dans ce cahier, et qu'un jour ou l'autre, un gradé découvre ce que j'enfouis dans ces pages. Ils lisent bien nos lettres — celles qu'on expédie et celles qu'on reçoit.)

27 février

À midi, c'est moi qui ai retiré les charançons qui flottaient au-dessus des haricots. Ils remplissaient mon quart aux deux tiers. Comme nous allions nous lever, Capdeville s'en est saisi et m'a lancé : — *Chiche que je le bois !* Mon voisin l'a traité de dégonflé. Il a vidé mon quart en un rien de temps, sans reprendre haleine. J'ai failli vomir. Je viens de lui demander pourquoi il avait joué au fanfaron. — *J'avais tellement faim que j'aurais bouffé n'importe quoi. Mais je n'arrivais pas à surmonter mon dégoût. Alors je vous ai appelés à la rescousse.*

1er mars

Lors de la distribution de linge, nous sommes cinq, dans la section, à avoir reçu une chemise sans col. En soi, ce n'est pas grave, mais l'ennui, c'est que le sergent exige que nous mettions notre cravate. Il nous faut donc la porter à même la peau, ce qui fait que nous excitons les rires et les moqueries. Je m'en passerais volontiers. Quand nous avons cours avec M. Gordon, je m'empresse de la retirer avant qu'il n'entre dans la classe. Je ne supporterais pas qu'en me voyant ainsi affublé, il puisse simplement sourire.

2 mars

Cette nuit j'ai rêvé de Marguerite. S'ils savaient là-bas combien je pense à eux, combien ils me manquent, combien je voudrais les revoir. Mais quand je me dis qu'il reste encore 43 jours, tout courage m'abandonne. Pourquoi n'écrivent-ils pas ?

4 mars

Coup dur. On m'a changé de chambre. Je ne suis plus avec Robert.

5 mars

Je me demande si c'est lui qui m'a puni. Bien sûr, j'ai tort de ne plus faire mes prières et je me le reproche, mais le soir, dans mon lit, ça se passe mal : je grelotte, ne peux m'endormir, cède au désespoir. Alors je n'arrive pas à lui parler. Pourquoi ne m'aime-t-il pas ? Je m'applique pourtant de toute mon âme à lui donner entière satisfaction.

7 mars

Dans cette nouvelle chambre, mon voisin de gauche est Darieu. Ils sont sept dans la compagnie à être entrés comme lui aux enfants de troupe à l'âge de huit ans. Je ne les aime guère. Ils se prennent pour des anciens et ne manquent jamais de nous traiter de bleusaille. Ils parlent mal, sont des fumeurs invétérés, et ils se plaisent à critiquer nos chefs, dénigrer l'armée. Moi, je les considère comme des voyous, et il faudra que je veille à ce que Darieu n'exerce pas sur moi une mauvaise influence. On m'a volé mes gants blancs.

8 mars

Robert a reçu un colis et l'a partagé avec moi. Un tel geste prouve sa générosité, car il sait que je ne pourrai lui rendre la pareille. C'est un garçon formidable ! Heureusement que je l'ai. Maintenant, nous sommes vraiment amis. J'ai décroché un 18 en géo.

9 mars

Chaque soir, je vais faire le lit de Robert pour le remercier de la gentillesse qu'il a eue. Je pense trop souvent à Marguerite. J'aimerais qu'il y ait une journée, au milieu du trimestre, où nous n'aurions pas à nous rassembler, à marcher au pas, à nous rendre sur le stade en chantant. Il est pénible d'être toujours avec les autres. Je crois que je reprends courage, que je travaille avec moins d'irrégularité. Je le dois sans doute à l'amitié de Robert. Au premier trimestre, j'étais tellement ahuri que je ne comprenais rien à ce qu'on exigeait de moi.

11 mars

Ce matin, j'étais le premier arrivé dans la classe. Le légionnaire préparait le poêle. J'ai pris mon livre d'allemand et lui ai lu une phrase. Il a souri et m'a dit quelques mots, mais je n'ai rien compris. Hier soir, un groupe d'anciens a effectué une razzia dans la compagnie. Ceux qui avaient reçu un colis ont dû le leur donner. Rebillard, qui est le plus grand et le plus fort d'entre nous, refusait de leur remettre la clé de son cadenas.

Mais ils ont arraché celui-ci à coups de pied. Et lui, il devra pendant un mois aller faire leurs lits.

12 mars

Je ne reverrai plus Marguerite. Ils l'ont vendue. C'est la seule nouvelle que m'apporte leur lettre. Quand je l'ai lue, je n'ai pu m'empêcher de pleurer et j'avais peur qu'ils se moquent de moi. Je ne sais même pas si elle se trouve chez un fermier ou si elle a pris le chemin de l'abattoir. Ce soir, à l'étude, je n'ai pas pu travailler.

12 mars. Dans la nuit

Souvent, je rêve à un pays où il n'y aurait pas de sous-officiers, pas de casernes, où nous n'aurions jamais faim, jamais froid, jamais le cafard, où je serais aimé, où tous les êtres seraient bons, attentifs, fraternels...

14 mars

J'ai l'intention d'écrire à la maman de Robert pour la féliciter de savoir faire une confiture aussi savoureuse. Mais me le permettra-t-il ? Je n'ose lui en parler. Vivement que notre chef foute le camp !

15 mars

Je vis dans la crainte que quelqu'un ne tombe sur ce cahier. Voilà pourquoi je m'abstiens de tout dire. Peut-être un jour en lirai-je une ou deux pages à Robert. Mais il devra au préalable me donner l'assurance qu'il ne se moquera pas de moi. J'ai failli me battre avec Darieu.

16 mars

Hier soir, pour nous réchauffer, nous nous sommes bagarrés à coups de polochons. Mais manque de chance, le chef a surgi à l'instant où une vitre volait en éclats. Quelques secondes plus tard, nous étions tous les quinze à plat ventre dans la cour, et pendant une demi-heure, nous avons fait traction sur traction. Darieu ne cessait de râler, jusqu'au moment où le sergent a passé ses nerfs sur lui. C'est ce qui nous a libérés. En remontant j'ai vu que mes doigts étaient couverts de sang et que mes crevasses s'étaient à nouveau ouvertes. (J'ai de la peine à former mes lettres. J'espère que je parviendrai à me relire.)

17 mars

Rebillard a été hospitalisé. Des anciens lui ont fait des ventouses avec des boîtes de sardines et il a de graves brûlures au dos.

18 mars

J'ai un sérieux rhume et il me pose bien des problèmes. Une heure après la distribution de linge, mon mouchoir était déjà inutilisable. Pendant deux jours, je me suis mouché dans des feuilles de cahier vierges, mais j'ai épuisé ma réserve, et maintenant, je suis bien embarrassé. Darieu, lui, se mouche dans ses doigts, les frotte contre le mur, et à la fin, s'essuie avec le bas de sa capote.

20 mars

J'ai faim, j'ai toujours faim et ne pense qu'à manger. J'ai demandé à l'ancien qui exige que je lui remette mes parts de pain, si je pouvais en garder la moitié, mais il n'a rien voulu savoir. Aujourd'hui, dix élèves de la section sont rentrés à l'infirmerie, et en histoire, nous toussions si fort que le professeur a renoncé à faire son cours.

C'est le matin que nous prenons froid. Avant de quitter l'étude, nous ôtons notre capote et notre veste, et c'est en chandail — le mien est en fil et à manches courtes — que nous descendons dans la cour. Le temps que les six compagnies se rassemblent et que la cérémonie des couleurs ait lieu, nous restons immobiles pendant de longues minutes dans l'air glacial et humide. Ensuite, alors qu'il fait encore nuit, nous allons courir une demi-heure près du cimetière, mais sans parvenir à nous réchauffer. Et c'est seulement au retour que nous trouvons notre petit déjeuner : un quart de café froid non sucré, une mince tranche de pain et une sardine à la tomate.

21 mars

Bon voyage Monsieur le Sergent Delsuc ! Et en souhaitant ne jamais vous revoir ! J'ai voulu imiter Darieu et dormir tout habillé, mais ce n'est pas une bonne solution. Au réveil, je n'avais évidemment aucun vêtement à enfiler, et après quelques minutes, j'étais transi.

22 mars

Il vient de la Légion et s'appelle Garigue. Pour un sergent, il nous paraît quelque peu âgé. Mais il est sympathique, jovial, débonnaire, et je crois que nous avons beaucoup de chance. Il a un fort accent marseillais et pèse, nous a-t-il appris, 95 kilos. Nous aurons intérêt à filer droit. Sinon, il nous étendra d'une seule taloche.

23 mars

Voici deux heures que les anciens tournent autour de la cour au pas cadencé. Nous nous réjouissons bruyamment de ce qui leur arrive. Mauvaises notes en allemand.

24 mars

En étude, une fois que le surveillant général est passé, nous sommes une quinzaine à nous presser autour du bureau pour écouter notre nouveau chef nous raconter sa vie. Il devrait être adjudant-chef, mais il y a une dizaine d'années, à la suite d'une bêtise dont il nous a parlé à mots couverts, il a été cassé. C'est déjà un vieux baroudeur, il a du bagout et il nous passionne. Il se rend souvent chez les femmes de mauvaise vie, et avec force détails, nous explique ce qu'il leur fait. J'aimerais lui poser des questions, mais je n'ose pas.

25 mars

Un groupe d'anciens avait enfoncé la porte du magasin d'alimentation et emporté plusieurs cartons de vivres. Ils sont huit à être renvoyés. Ils vont devoir s'engager, et dans trois mois, à des milliers de kilomètres d'ici, ils seront intégrés à des troupes de choc et gagneront sans délai les zones où les affrontements sont les plus meurtriers. Notre chef aussi a pris part à des combats, mais dans un autre pays. Une insurrection y avait éclaté et la Légion fut appelée pour la réprimer. Quand les soldats avaient des prisonniers, ils leur tranchaient la tête au coupe-coupe. Le chef a reçu trois décorations. Il nous les montrera un de ces soirs.

26 mars

Nous étions cinq à être invités dans sa chambre. Il nous a fait asseoir sur son lit et nous a offert des tablettes de chocolat qui ont été vite englouties. Ensuite, nous avons admiré ses médailles et nous étions impressionnés. Puis il nous a montré ses blessures. Mais ses jambes couvertes d'abondants poils noirs m'ont plutôt dégoûté. Il nous a raconté certains des coups qu'il a faits, puis nous a questionnés sur la vie que nous menons ici. C'est en recevant son avis de mutation qu'il a appris l'existence des enfants de troupe et il désirait que nous le mettions au courant. Je n'ai rien dit, mais j'étais d'accord avec eux quand ils ont déclaré que nous étions heureux de l'avoir pour chef de section. Nous avions chaud, j'étais détendu et j'éprouvais une joie des plus vives à avoir eu la faveur de participer à cette soirée. Il avait près de lui une bouteille de cognac dont il lampait une gorgée de temps à autre et ils ont continué à bavarder pendant un long moment. Il nous a encore interrogés sur la vie de la section, sur quelques-uns d'entre nous, et Roger en est venu à parler de Pierrot, notre souffre-douleur. Il est frêle, apeuré, fait tout à contretemps et n'a toujours pas appris à marcher au pas. Nous avons bien ri à évoquer les brimades auxquelles nous le soumettons et la manière dont Delsuc le houspillait. Le sergent avait achevé sa bouteille. Son visage était écarlate et il paraissait songeur. Soudain, il s'est levé et nous a indiqué que nous avions cinq minutes pour nous retrouver tous en tenue un et gants blancs devant sa porte. Nous étions surpris et il l'a remarqué. — *Grouillez-vous nom de Dieu,* a-t-il lancé en éclatant de rire, *nous allons passer un bon moment.* En hâte nous avons grimpé les étages et prévenu les autres. Le clairon avait sonné l'extinction des feux depuis plus d'une heure et tous dormaient. Réveillés brutalement, ils ne comprenaient pas ce que nous leur voulions, croyaient à une punition et rechignaient à se lever. Enfin, quelques minutes plus tard, nous étions rassemblés dans le couloir qui mène à sa chambre. Il nous a fait entrer dans le magasin de la compagnie. Nous nous sommes rangés sur trois colonnes, et de plus en plus intrigués, mis au garde-à-vous. Il a invité Pierrot à sortir des rangs, lui a retiré ses gants, son béret et sa veste, et l'a poussé contre les rayons. Avec des lacets, il lui a lié les poignets et les chevilles. Après quoi, il a placé dix d'entre nous face à lui, à l'autre bout de la pièce. Il a ouvert le râtelier et remis un fusil à chacun. Il a alors expliqué que Pierrot nuisait à la bonne marche de la section, et que dans l'intérêt de tous, il fallait le passer par les armes. Il a encore dit bien d'autres choses aussi folles, mais je ne les ai entendues qu'à demi, car Pierrot absorbait toute mon attention. Il était livide, tremblait de tous ses membres, et c'était la première fois que je voyais tant de frayeur dans un regard. Quand les autres l'ont mis en joue et que les percuteurs ont claqué d'un coup sec, il a perdu connaissance et s'est affaissé.

27 mars

Mes nuits sont peuplées de cauchemars. Et tout le jour, je demeure proie d'un malaise qui m'empêche de travailler. De tout mon cœur, je te promets d'obéir, de bien étudier, d'être un bon élève, mais toi, aide-moi, assiste-moi, porte-toi à mon secours en ces moments où j'attends en vain le sommeil, où je désespère, où me vient l'envie de tout casser.

6 avril

Cette soirée a eu lieu il y a dix jours, et depuis, Pierrot n'est pas sorti de son silence. En cours, quand on l'interroge, il reste muet, et bien sûr, il collectionne les zéros. Nous devrions mettre les professeurs au courant, mais nul n'ose dire ce qui s'est passé.

C'est la fête

à André Gaillard

François était maintenant bien adapté à sa vie de tout jeune militaire et il avait la conviction qu'il ne rencontrerait pas de problèmes majeurs au cours de cette quatrième année. Ses professeurs l'estimaient, les sous-officiers de la compagnie avaient bonne opinion de lui, et tout laissait présager que les mois à venir s'écouleraient comme il l'espérait. En outre, il savait qu'il pourrait compter sur de vrais amis, tant dans sa section que chez les plus anciens, et cette pensée le rassurait.

En ce début d'octobre, il avait pris de fermes résolutions : ne pas se faire punir et obtenir des notes supérieures à la moyenne.

Il était dans ses possibilités de se classer parmi les meilleurs élèves. Pour ce faire, il lui suffirait de travailler avec régularité. Mais précisément, c'est ce dont il se montrait incapable. Au cours des années précédentes, il lui était arrivé d'avoir des coups de cafard qui l'empêchaient pendant des jours d'ouvrir livres et cahiers. De surcroît, sa passion pour le rugby passait bien avant le souci qu'il avait de ses études, et son travail en avait souvent pâti. Mais en ce début d'année, il était déterminé à repousser les idées noires qui lui viendraient et à refréner sa passion.

Le rugby était quasiment toute sa vie. Cette passion était née peu de temps après son entrée à l'École, la première année.

Un jour, dans un coin de la cour, il avait aperçu des anciens qui s'amusaient à se faire des passes avec un ballon des plus bizarres. Celui-ci était ovale, et lorsqu'il frappait le sol, il rebondissait dans n'importe quelle direction. François n'avait jamais rien vu de tel. Il s'était approché, et ébahi, les avait longuement observés. Ils étaient tous bruns, parlaient avec un accent du Midi ou du Sud-Ouest, et il avait d'emblée ressenti pour ces garçons rieurs beaucoup d'amitié.

Les caprices de cette balle aux rebonds jamais prévisibles avaient piqué sa curiosité, et à partir de ce jour, chaque fois qu'il avait pu s'échapper, il était allé rôder près de ces anciens qui pratiquaient un sport dont il ne savait rien mais qu'il brûlait de découvrir.

Quelques semaines plus tard, pour son premier match en championnat d'académie, l'équipe des juniors devait se rendre dans une ville de la région. Sur le point d'entrer au réfectoire, François avait vu le camion avec lequel ils effectuaient leurs déplacements. Sans réfléchir, sans se préoccuper des conséquences qu'entraînerait son acte, il avait ouvert la bâche et s'était hissé à l'intérieur du camion. Puis contre le dos de la cabine, il s'était tapi sous une banquette et avait ramené contre lui les sacs contenant les chaussures, les maillots et les ballons.

Taraudé par la faim, affolé de se trouver en pareille situation, respirant un air chargé à certains instants de gaz d'échappement, il avait trouvé le parcours interminable.

Quand ils arrivèrent au stade, qu'il révéla sa présence, avoua qu'il n'avait pu résister au désir d'assister pour la première fois à un match de rugby, ils furent étonnés, amusés, et ils décrétèrent qu'il serait désormais leur mascotte. Mais le moniteur n'eut aucun plaisir à voir apparaître ce passager clandestin et il ne cacha pas sa mauvaise humeur.

Lorsqu'il fut de retour à la caserne, son chef de section et son commandant de compagnie l'accueillirent fraîchement. Ils avaient cru à une fugue et la compagnie l'avait cherché tout l'après-midi. Il subit une sévère engueulade mais ne fut pas puni.

Très vite il était devenu l'ami de ces anciens auxquels, en dépit du règlement, il rendait visite dans leurs chambres, et à plusieurs reprises, dans des situations délicates, il avait bénéficié de leur protection.

En peu de temps, il s'était initié aux règles, aux subtilités du jeu, avait appris ce qu'il lui fallait apprendre, et à partir du second trimestre, il avait été l'un des meilleurs éléments de l'équipe minime.

Par la suite, sa passion n'avait cessé de croître,

et en ce début d'année, il était impatient de jouer son premier match. Il était encore cadet, mais le moniteur l'avait fait surclasser, et toute la saison, il serait le demi de mêlée de l'équipe junior. Il en était secrètement fier, mais se demandait s'il aurait les moyens de tenir cette place qui exigeait de grandes qualités. Il savait qu'il manquait de poids et de puissance, mais il espérait compenser ces handicaps par sa bonne vision du jeu, sa rapidité et la hargne qui s'emparait de lui dès qu'était donné le coup d'envoi.

Il était dans le couloir et tenait à la main la paire de brodequins qu'il venait de toucher. Quand il vit le capitaine, il le salua, mais mollement, et contrairement à ce que prescrit le règlement, sans le fixer dans les yeux.

— On ne t'a jamais appris à saluer ?

— Si mon capitaine.

— Passe dans mon bureau.

François entra dans la pièce sur les pas du capitaine. Il ferma la porte et se figea au garde-à-vous.

Ce capitaine était son nouveau commandant de compagnie et c'était la première fois que François se trouvait face à lui.

Des dix capitaines que comptait l'École, celui-ci était le seul à être *sorti du rang*. Il était vieux, chauve, voûté, et les poils noirs qui lui sortaient du nez inspirèrent à François un léger dégoût.

— Toi, je t'ai déjà repéré.

— Moi ? Pourquoi donc mon capitaine ?

— Je vais te le dire.

— Je pense être un bon élève. On n'a rien à me reprocher.

— Tu es peut-être un bon élève, mais il y a en toi quelque chose qui ne me plaît pas du tout.

— Vraiment mon capitaine ?

— Ce qui ne me plaît pas, c'est ton visage.

— Mon visage ?

— Oui. Tu as toujours un air d'enterrement.

François se raidit.

— Regarde tes camarades. On les voit rire. Alors pourquoi as-tu en permanence cet air sinistre ?

François était bouleversé. Ces paroles du capitaine le renvoyaient à ses crises de cafard. Il s'était chaque fois appliqué à cacher ce qui se passait en lui, et il était consterné d'apprendre que sa figure trahissait ce qu'il avait tant à cœur de dissimuler.

— Ici, vous avez des professeurs remarquables, de bons sous-officiers. Vous avez aussi un choix entre une douzaine d'activités sportives et la Provence est une des plus belles régions de France. Alors pourquoi donnes-tu cette impression de porter toute la misère du monde sur les épaules ? En fait, ici, tu n'as que des raisons d'être heureux. J'exige donc qu'à partir d'aujourd'hui tu nous offres un autre visage, et sache que dorénavant, si je ne te vois pas avec un sourire aux lèvres, tu seras puni.

Fin octobre, un samedi soir, un copain de François fit irruption dans leur chambre en agitant les feuilles qu'il tenait à la main. Il gueulait aussi fort qu'il pouvait :

— Vingt dieux les gars... C'est la fête... C'est la fête...

Il se jucha sur la table, appela ceux qui étaient concernés et remit cérémonieusement à chacun son titre de permission.

Sur les trente élèves de la section, ils ne seraient que cinq à pouvoir sortir en ville le lendemain après-midi et François était de leur nombre.

Pour mériter cette permission, il avait dû remplir durant tout le mois deux conditions : obtenir des notes supérieures à la moyenne dans toutes les matières et n'encourir aucune punition. Or il n'était pas facile de ne pas se faire punir. Un retard de quelques secondes à un rassemblement, une couverture imparfaitement tendue quand le lit était *au carré*, un brodequin auquel il manquait plus de cinq clous, une corvée mal exécutée, et la sanction tombait. Celle-ci prenait différentes formes, selon la gravité de la faute. Elle pouvait par exemple consister en une prolongation de la corvée, ou en l'obligation de se présenter au poste de garde à minuit, en tenue un, pendant huit ou quinze jours. Seul parvenait à n'être jamais pris en défaut celui qui avait une montre dans la tête et se surveillait en permanence.

Avec une joie qu'il avait peine à contenir, François passa sa soirée à cirer ses brodequins, faire luire les boutons de sa veste, préparer son nœud de cravate, disposer avec grand soin son pantalon de tenue un sous son matelas.

Ce soir-là il fut long à s'endormir. Sur lui qui avait toujours vécu à la campagne, la ville exerçait une puissante fascination. En parcourant les rues, il y avait tant à voir et à s'étonner. Toutes ces vitrines, tous ces gens qui vont et viennent, tous ces visages, tous ces regards... Et surtout, surtout, ces séduisantes jeunes filles, ces femmes au beau visage, vêtues avec tant d'élégance... Une fête lui était promise et il en tremblait d'excitation.

Ils étaient tous les cinq au pied de leur lit en tenue un et gants blancs. Avant qu'ils ne sortent, le capitaine de service vint les inspecter et ils se mirent au garde-à-vous.

François était tendu. Il redoutait qu'une catastrophe survienne au dernier moment. Quand ce fut à son tour d'être examiné, son regard farouche interrogea anxieusement le capitaine.

Celui-ci se planta devant lui et le considéra en silence.

— Qu'est-ce que c'est que ce regard insolent ?

— ...

— Donne-moi tes gants.

François les retira et le capitaine les enfila. Puis il s'accroupit et passa ses deux mains sur la barre transversale des pieds du châlit. Celle-ci était enduite de cirage noir.

Le capitaine présenta ses mains à François.

— C'est avec de tels gants que tu prétends sortir en ville ?

— ...

— Donne-moi ta permission.

Le capitaine la prit, la déchira, en glissa les morceaux dans la poche de François.

— Tu vas te changer et monter en étude. À cinq heures, tu viendras me présenter une dissertation. J'ai à te proposer un sujet tout à fait de circonstance et que tu vas apprécier : « Je ne dois pas sortir en ville avec des gants blancs maculés de cirage noir. » Allez, passe un bon après-midi.

Le plus souvent possible, François rendait visite à ces anciens qui étaient désormais ses coéquipiers. Plus âgés que lui de trois ans, ils avaient d'autres préoccupations que les gars de sa section. Il les admirait, se plaisait en leur compagnie, et après avoir passé un moment avec eux, il avait chaque fois meilleur moral.

Il effectua de bons entraînements et mit à profit les cours d'éducation physique pour achever de bien se préparer.

La nuit précédant son premier match, pendant une longue insomnie, il se représenta mentalement ce qu'il aurait à faire, imagina de possibles combinaisons ainsi que les décisions qu'il aurait à prendre en fonction de certaines phases de jeu. Il était capital qu'il ne déçoive pas ses grands amis.

Ce match fut pour lui une déconvenue. Peu après le début de la rencontre, il fut victime d'un sévère plaquage, et jusqu'au coup de sifflet final, il se mut dans un brouillard. À plusieurs reprises, le sol tangua sous ses pieds, et il fit appel à tout son courage pour ne pas quitter le terrain.

En classe, son travail laissait à désirer. Lors des deux heures de l'étude du soir, il restait souvent les bras croisés, songeant à il ne savait quoi. Parfois, il s'adressait d'amers reproches, puis se décidait à ouvrir un livre. Mais il ne pouvait se concentrer et son regard errait sur des mots dépourvus de toute signification. Pourtant, il se promit de faire son possible pour obtenir une permission de sortie à la fin de ce mois de novembre.

Le dimanche matin, quand les autres assistaient à la messe, il rôdait en un certain coin de la cour, et lorsqu'il savait ne pouvoir être vu du sous-officier ou de l'officier de service, il se précipitait au parloir. Il s'asseyait à l'une des trois petites tables rondes et se mettait à feuilleter une revue militaire dont il ne lisait pas une ligne.

Il n'attendait personne, et si on l'avait surpris là, il aurait été puni. Mais peu lui importait. Souvent de jeunes bleus recevaient la visite de leur mère. Sa joie était de se trouver près d'elles, et tous ses sens en éveil, d'éprouver ce trouble où le jetait leur présence, de humer un parfum, écouter leurs voix, happer du coin de l'œil un geste tendre, goûter ces paroles dont l'enfant s'abreuvait. Elles portaient en elles tant d'amour qu'il ne doutait pas qu'elles auraient pu ouvrir spontanément leurs bras à tout être perdu souffrant d'un excès de solitude.

Par respect humain, il n'osait plus proposer à tel ou tel de ses amis d'échanger des lettres contre des desserts. Il écrivait à des entreprises qui fabriquaient des meubles, des machines à coudre, des tracteurs, des moissonneuses-batteuses..., et leur demandait de lui envoyer des prospectus. Ainsi, à la fin du rapport, quand on distribuait le courrier, il avait le plaisir d'être appelé et de se voir remettre une enveloppe sur laquelle figurait son nom.

En traversant la cour, il se répétait les mots qu'un copain de chambrée n'avait cessé de chantonner alors qu'ils revêtaient leur tenue un : c'est la fête... c'est la fête... c'est la fête...

Il arriva dans le hall d'entrée, en haut des escaliers. En face de lui, sur le mur du fond, étaient fixés deux panneaux. Sur chacun on pouvait lire la citation à l'ordre de l'armée qu'avaient valu à l'École de Saint-Cyr et à celle de Saint-Maixent les hauts faits d'armes de ceux qu'elles s'honoraient d'avoir eus pour élèves.

Entre ces panneaux figurait cette devise qui attirait chaque fois son regard et ne manquait pas de l'impressionner :

ILS S'INSTRUISENT POUR VAINCRE
LE TRAVAIL POUR LOI
L'HONNEUR POUR GUIDE

Il présenta sa permission au poste de garde. Le planton ouvrit un cahier et cocha son nom.

S'instruire pour vaincre. S'instruire, acquérir des connaissances, développer son intelligence, se donner les moyens d'ajouter au bien commun, c'était là son désir le mieux ancré. Mais que faudrait-il vaincre ? À son avis, le pire ennemi de l'homme n'était autre que l'ignorance. L'ignorance dans laquelle il était de ses peurs et de ce besoin qu'il avait parfois d'humilier et de dominer ceux que les circonstances plaçaient au-dessous de lui. Ces questions le préoccupaient, mais il était évident qu'elles le dépassaient, et c'est pourquoi il avait hâte de se trouver en terminale. Le professeur de philosophie l'aiderait alors à mieux penser ces problèmes qui lui semblaient de toute première importance. Il songea qu'un être qui se consacrait à faire régresser l'ignorance, et par là, à faire diminuer la souffrance de beaucoup, devait avoir une belle et bonne vie. Qu'en serait-il de la sienne ? Il frissonna.

C'était une journée d'hiver, grise, morne, et tout paraissait éteint.

Il croisa une vieille dame. Des fleurs dépassaient de son cabas et sans doute se rendait-elle au cimetière proche de leur infirmerie.

Enfin il était hors de l'École, seul, libre. Il rejeta les épaules en arrière, et d'un geste rapide, rectifia la position de son béret, réajusta son nœud de cravate, vérifia si sa veste était correctement boutonnée, et pour finir, inspecta ses gants blancs. Tout était parfait.

Il ne parvenait pas à prendre une allure dégagée. Il avait l'habitude de se déplacer en groupe, d'être entouré par les membres de sa section, et maintenant, de se trouver privé de cette protection, il se sentait menacé et comme nu. Il se détesta.

Les platanes avaient perdu leurs feuilles. Le dessin des plaques d'écorce sur les troncs, le noir de l'asphalte, le rouge vif des lèvres d'une passante, une voiture roulant à faible allure, un petit garçon appelant sa mère, tout le pénétrait et lui faisait mal.

Il arriva en haut du cours Mirabeau. C'était là un grand moment et il eut une brusque flambée de joie. Il s'engagea sur le large trottoir de droite, le plus fréquenté. À cette heure, il était noir de monde. Les gens sortaient des restaurants, se rendaient aux spectacles, commençaient à se promener, et il était heureux d'avancer au sein de cette foule, de voir des visages, de croiser parfois un regard, de sentir la vie palpiter autour de lui, cette vie dont il rêvait si souvent mais qu'il ne pourrait jamais étreindre.

Deux amis lui avaient proposé de lui prêter de l'argent, mais il avait refusé. Pour ne pas avoir de dette. Il n'irait donc pas voir un film et c'était pour lui une rude privation. Mais il avait décidé de l'ignorer, et rien n'empêcherait que cet après-midi de liberté soit la fête attendue.

Derrière les baies des grands cafés, ou à certaines terrasses, des consommateurs confortablement installés regardaient défiler les passants, et François éprouvait une gêne extrême à sentir ces regards s'appesantir sur lui. Que pensaient ces gens de ce jeune garçon habillé en militaire ? Le trouvaient-ils ridicule ? Le considéraient-ils avec sympathie ou condescendance ? Il se posait ces questions et son embarras était tel que sa démarche en était modifiée. Ses jambes devenaient lourdes, son rythme se désaccordait, et il devait concentrer son attention pour continuer de marcher en ligne droite.

Un cercle de fer entourait le peu de terre qui se trouvait au pied des immenses platanes. Il eut pour eux de la compassion. Comment pouvaient-ils vivre ? Et où parvenaient-ils à puiser l'eau dont ils avaient besoin ? Son regard erra sur l'asphalte, sur le ciment du trottoir, et il eut soudain le violent désir d'être dans son village, de marcher dans les bois, de sentir le moelleux de la terre sous les semelles de ses brodequins.

Parvenu au bas du cours, il s'arrêta, prêt à admirer la Rotonde. Mais sans les amples et multiples arcs de ses jets d'eau fusant dans la claire lumière du soleil, la fontaine semblait morte et il fut déçu. Il aperçut le Casino, ce lieu que ne fréquentaient que des gens riches, et il se rappela qu'il n'avait pas un sou vaillant. Il fit demi-tour et commença à remonter l'allée qu'il venait de descendre.

Les nuages se déchirèrent, et pendant quelques trop brèves minutes, une lumière terne éclaira cette partie du cours.

En civil, un adjudant de la sixième compagnie sortait d'un café. François ralentit. Son cœur se mit à battre. Il rejeta les épaules en arrière, rectifia la position de son béret, réajusta son nœud de cravate, vérifia si sa veste était correctement boutonnée, inspecta ses gants blancs. Tout était parfait. Les doigts vigoureusement tendus, le menton levé, il adressa au gradé un salut impeccable. L'adjudant affecta de ne pas le voir.

Les jeunes gens étaient nombreux et il enviait ces garçons qui déambulaient aux côtés d'une fille. Ils parlaient avec animation, riaient, se montraient heureux d'être ensemble. Lui, il était contraint, empêtré, et il ne saurait jamais que faire pour tenter de sortir de sa solitude. Il se haïssait.

Les seuls instants où il se réconciliait avec lui-même et éprouvait un certain plaisir, ils lui étaient donnés lorsque du regard il caressait le visage d'une femme. Le visage et aussi ses lèvres, ses joues, son front, son cou, ses cheveux, ses seins, ses jambes, son corps. On lui avait raconté que les femmes étaient intuitives, que parfois elles lisaient dans l'homme à livre ouvert. Peut-être l'une d'elles, frappée par la désolation de son visage, percevrait-elle son torturant désir de faire une rencontre, de nouer une belle amitié, et éventuellement, d'aller plus loin.

Il se récita quelques phrases de son *Manuel de maintien et de bienséance.*

La femme qui venait à sa rencontre avait le type méditerranéen. D'une quarantaine d'années, petite, brune, les yeux noirs et intenses, elle était d'une beauté éclatante. Le regard de François s'empara d'elle avec une avidité si manifeste qu'elle sembla suffoquée, et elle détourna vivement la tête. Furieux de s'être mal comporté, François s'injuria. Quelle idée allait-elle se faire de lui et des enfants de troupe ? Il fut sur le point de la rattraper pour lui présenter des excuses, mais sa timidité l'en empêcha.

Il était passé et repassé une trentaine de fois devant ces cafés, et il ne lui était plus supportable d'être la proie de ces regards, de croiser aux mêmes endroits les mêmes personnes, d'effectuer ces allers et retours avec une régularité de métronome.

La rue où il s'engagea était vide, morne, silencieuse, et son ennui se fit plus pesant. Des cris lui parvinrent d'un petit café. Deux hommes en surgirent et commencèrent à se battre. En maintenant d'une main son béret, il se mit à courir.

Il revint sur ses pas et s'immobilisa devant la vitrine d'un magasin de sport. Mais aucun article ne s'adressait à un joueur de rugby, et incrédule, dépité, il s'éloigna en haussant les épaules.

Sur cette petite place, le bassin de la fontaine lui rappela l'abreuvoir où il menait boire ses vaches. Il ôta ses gants et caressa longuement la pierre. Il avait encore du temps mais l'envie lui vint de retourner à la caserne. Lorsqu'il en prit conscience, les larmes lui montèrent aux yeux. Il avait vécu ces dernières heures dans une telle tension que tous ses muscles lui faisaient mal.

Il était maintenant certain qu'il ne se passerait rien. Que rien ne le tirerait de son ennui. Que tout finirait par l'habituelle détresse. Sans doute avait-il trop rêvé. Placé trop d'espoirs en cette permission. La prochaine fois, il veillerait en sortant à se dire qu'il n'allait pas vers une fête, mais vers des heures maussades, chargées d'une angoisse qu'il ne connaissait pas à l'École, et d'autant plus décevantes qu'il en attendait trop.

Il arriva sur la place du Palais-de-Justice. Il le contourna, longea le mur de la prison, eut une pensée apitoyée pour ceux qui étaient enfermés là. Quelle vie serait la sienne ? Il n'avait qu'un vœu à formuler : ne jamais être un réprouvé, ne jamais avoir à subir le mépris de ses semblables.

Il se retrouva sur le cours Mirabeau. Il n'avait pas de montre et il lui fallait s'inquiéter de l'heure. Mais il ne rentrerait pas sans qu'il se soit accordé la joie qu'il s'était promise : se rendre dans le hall des trois cinémas et longuement s'extasier devant les photos des acteurs et surtout des actrices.

Après avoir fait provision de rêves, il prit le chemin du retour.

D'un pas traînant, tête basse, il montait la petite rue. Se pouvait-il que des êtres soient beaux, libres, doués et riches à millions ? Il songea à ce qui l'attendait à la caserne et il se sentit sans courage.

Ils étaient plusieurs à se hâter en direction de l'École. Un ancien le prit par les épaules et lui demanda s'il était content de son dimanche. Tout heureux qu'on lui adresse la parole, il voulut répondre par l'affirmative, mais il ne put articuler un mot.

Les deux heures de cette étude du dimanche soir, chaque semaine, il les appréhendait. Il jeta un regard sur ses camarades. Tous étaient penchés sur leurs livres, occupés à apprendre leurs leçons. Lui seul ne faisait rien. Qu'avait-il donc toujours à broyer du noir ? Il prit un cahier, l'ouvrit, le dissimula derrière son livre d'algèbre, et il nota :

Pourquoi ne suis-je pas comme les autres ? Je voudrais travailler et j'en suis incapable. Pourquoi ?

Il trouvait un apaisement à écrire dans ce cahier, à le feuilleter, à simplement savoir qu'il existait. Mais il avait la hantise d'être un jour surpris en train d'y griffonner une note. On découvrirait alors ce qu'il avait pris plaisir à y consigner, et il n'osait penser aux conséquences qui en résulteraient.

Il se mit à lire les dernières pages :

27 octobre

Hier soir, Pierre et Daniel s'amusaient à lancer un poignard contre la porte de la chambre. Je m'y suis essayé et ce n'est pas un exercice facile. Car pour mettre dans le mille, il faut d'une part bien viser, et d'autre part, imprimer au poignard le juste mouvement qui lui permet de se planter dans le bois. Mais il a failli se produire un accident. Roger, qui venait d'une autre chambre, a poussé la porte et a reçu le poignard en plein front. Fort heureusement, c'est le manche qui l'a atteint. Mais il aurait pu tout aussi bien perdre un œil. Il a été salement sonné et nous avons dû le porter sur son lit. Aujourd'hui, il a une énorme bosse.

29 octobre

Pourquoi, chaque soir, lorsque j'entends le clairon sonner l'extinction des feux, suis-je remué par une telle émotion ?

Précisément, ces émotions qu'un rien fait surgir et qui prennent possession de moi, elles me perturbent, me sont souvent un véritable handicap. Il faut que j'apprenne à les dominer, voire à empêcher qu'elles naissent. Sinon, je ne serai jamais un homme.

30 octobre

Un dimanche que je n'oublierai jamais. Si je ne tue pas ce fumier de capitaine qui vient de me déchirer ma permission, c'est que je n'ai rien dans le ventre.

3 novembre

Ma rage n'est pas retombée. Je cherche le moyen qui me permettra de montrer à ce salaud de capitaine qui je suis.

5 novembre

Rien ne m'intéresse. Rien ne me fait rêver. En dehors du rugby, rien ne me donne un peu de joie.

7 novembre

Que vais-je devenir ? Je traîne un tel ennui, une telle lassitude.

8 novembre

À la sortie du réfectoire, un bleu qui avait appris que j'étais originaire de la même région que lui, est venu spontanément m'offrir sa part de pain. Je l'ai refusée.

9 novembre

Je ne peux pas travailler. Je ne cesse de penser à ce maudit capitaine.

11 novembre

Aujourd'hui, commémoration de la victoire de 1918. Un général dont les manches de capote s'ornaient de cinq étoiles a remis la croix de guerre à l'École et à la ville d'Aix-en-Provence. Avant d'être passés en revue et de défiler, nous sommes restés deux heures sans rompre les rangs à attendre sur le cours Mirabeau. À cause de cela, j'ai un peu pris froid. Pourvu que jeudi je sois rétabli. Mon premier match avec les juniors !

Pendant la prise d'armes, des chasseurs nous ont survolés et on a eu l'impression qu'ils rasaient le haut des platanes. Déclenchée par leur passage, une pluie de feuilles est tombée sur nous.

12 novembre

Pourquoi ne puis-je pas travailler alors que j'en ai le désir ? Il faut que j'obtienne une permission à la fin de ce mois.

13 novembre

Je ne suis pas encore descendu au-dessous de la moyenne, mais il est certain que mes notes baissent. Il faut absolument que je me ressaisisse.

14 novembre

Je suis vraiment un sale type. Aujourd'hui, au cours du match, je me suis rendu coupable de trois brutalités. Je n'ai pas été sanctionné, mais il n'empêche...

Je dois avouer que je suis très déçu. J'ai fait une partie quelconque. J'ai été séché d'entrée de jeu par un méchant plaquage et je n'ai jamais pu récupérer.

15 novembre

J'ai de bons, de très bons amis. Mais j'ai l'impression que pour eux, l'amitié ne compte pas autant que pour moi.

Qu'est-ce qu'il a notre prof de géo ? Parfois, il est agréable, détendu, il nous fait un cours intéressant et nous attribue de bonnes notes. Mais le plus souvent, on le sent en rogne, il ne cesse de nous engueuler, et alors mieux vaut n'être pas interrogé car c'est le zéro garanti.

16 novembre

En arrivant ici, en me mettant à compter les jours qui me séparaient de la fin du trimestre, j'ai découvert l'existence du temps.

La souffrance de ne pouvoir l'arrêter quand on vit de bonnes choses. La souffrance de ne pouvoir le contraindre à s'écouler plus rapidement lorsqu'il se traîne.

17 novembre

Quand je joue au rugby, mon énergie me semble inépuisable. Mais dès que je quitte le terrain, je n'ai plus la force d'avancer.

Yves a écopé de quinze jours de revue de literie avant l'appel.

18 novembre

Je ne comprends rien à rien et c'est en moi une perpétuelle souffrance.

19 novembre

Je viens de faire un calcul. À raison de quatre rassemblements par jour — rassemblement du matin pour monter en étude, rassemblement pour la cérémonie aux couleurs, rassemblement de midi pour le rapport, rassemblement de 17 h 15 pour la seconde cérémonie aux couleurs — au terme des sept ans que je vais passer ici — j'espère n'être pas renvoyé et réussir à mes examens — je me serai rendu à quelque 7 000 rassemblements. N'est-ce pas déjà un beau palmarès !

20 novembre

Aujourd'hui, j'ai reçu la lettre qu'en modifiant mon écriture je m'étais adressée. J'y ai appris qu'une certaine Madame Pascal — j'avais choisi ce nom parce que en ce moment on étudie cet auteur — m'attendrait au parloir dimanche prochain à partir de dix heures. La lettre s'achevait par ces mots :

Ta tante qui t'aime
Marie

22 novembre

Aujourd'hui, le prof de français nous a affirmé que la vie mérite d'être vécue. Je ne le pense pas.

Ce que je voudrais vivre, je ne l'atteindrai jamais. Alors mieux vaudrait mettre fin à cette sinistre existence.

23 novembre

Près de la prison et des hangars de tôle s'élève le château d'eau. Quand je le peux, je vais m'étendre sur sa plate-forme, et je rêve, suis du regard la course des nuages, me vois marchant sur des routes, découvrant de grandes villes.

24 novembre

Avant je comptais les jours. Maintenant, je suis conscient de chaque seconde qui passe, qui tarde à passer. Un ennui qui m'épuise.

L'autre dimanche, quand je suis arrivé ici pour faire cette stupide dissertation, c'était la première fois que je me trouvais seul dans cette classe. Les bureaux étaient mal alignés. Les chaises en désordre. La désolation de cette pièce où régnait un silence oppressant. J'ai alors pensé à eux tous, et je ne les ai jamais autant aimés qu'en cet instant. Yves, Pierrot, Michel... Merci à vous. Car c'est vous qui me donnez le courage de ne pas me laisser couler.

Les jours où souffle le mistral, j'ai plaisir à voir les trois couleurs déployées dans l'azur du ciel. Mais ce dimanche-là, le pavillon pendait en haut du mât tel un vulgaire chiffon. J'ai pensé qu'il m'offrait une bonne image de ce que j'étais.

Quand pourrai-je commencer à vivre ? Quand ? À quel âge ?

25 novembre

Rien ne reste de ce que je voudrais retenir et cela ne cesse de me tourmenter.

J'ai trop d'idées noires. J'ai peur de n'être pas normal.

26 novembre

Je voudrais m'enfuir, partir sur les routes, découvrir le monde, vivre, vivre... Mais des murs me cernent. Ceux qui entourent la caserne. Ceux qui sont en moi.

Parfois je me sens différent des autres et cela me fait craindre le pire.

C'est comme s'il y avait un feu en moi. Et je n'arrive pas à l'éteindre.

27 novembre

Formidable ! J'ai ma permission. C'est la fête... c'est la fête...

Restaient encore trois semaines avant les permissions de Noël. Tous ces rassemblements, ces cérémonies aux couleurs, ces cours, ces études, ces rapports, ces appels, ces corvées, ces revues de casernement... Ne jamais relâcher son attention. La crainte constante de se faire punir. Et comment surmonter l'ennui ? Et par quel moyen vaincre cette haine qu'il se portait et qui lui compliquait singulièrement l'existence ? Et où puiser le courage et la force de simplement vivre ? Il était accablé. Il pensa au rugby, à ses amis, à la confiance qu'ils lui témoignaient. Il fallait qu'il se reprenne. Il allait se reprendre.

Un capitaine

François arrive à la porte du bureau. Il frappe et prête l'oreille. Il attend. Il craint d'impatienter le capitaine et se décide à entrer. Il referme la porte, salue, se décoiffe, reste au garde-à-vous.

Devant lui, à sa table de travail, le capitaine lit. Absorbé par sa lecture, il ne lève pas la tête. François l'observe, content dans son inquiétude d'être le premier élève de la compagnie à l'approcher.

Il n'a d'ailleurs rien de remarquable. Plutôt petit, maigre, la figure émaciée, une barbe taillée en collier, les cheveux déjà gris coupés très court au sommet du crâne et tondus sur la nuque, il ressemble à d'autres officiers de l'École.

La tête dans les mains, il poursuit sa lecture. Immobile et silencieux, François se demande s'il doit attendre, partir, signaler sa présence par un toussotement. Toujours au garde-à-vous, la gorge sèche, il se laisse envahir par l'angoisse.

Sans oser quitter sa position, par un imperceptible déhanchement, il se porte tantôt sur une jambe, tantôt sur l'autre.

Aux murs sont fixés deux poignards entrecroisés, des bandes de balles de mitrailleuses, des cartes de la région, un revolver ancien, ainsi qu'une effigie de Napoléon entourée de décorations. Pour ne plus penser, François s'oblige à contempler le revolver, mais il ne parvient pas à fixer son attention qui se porte sur le stick posé à côté des gants et du képi, dans un angle de la table. Quand il relève la tête, son regard se heurte aux yeux gris et durs du capitaine. Il sursaute et s'efforce de paraître impassible.

Après l'avoir fixé un long moment, le capitaine se dresse, lance d'un coup de pied sa chaise contre le mur et se met à crier :

— Mais nom de Dieu, tu ne vois pas que je suis à bout. Qu'il y a au moins une demi-heure que j'attends que tu te présentes. On ne t'a peut-être jamais appris à te présenter, depuis six ans que tu es dans cette école ?

— François Du...

— Tais-toi. Je ne t'ai pas donné l'ordre de parler. C'est moi qui vais me présenter. Capitaine Darieu. Plus jeune capitaine de France. Cinq années de guerre. Sauts innombrables en parachute. Chef d'une unité qui a décroché au feu les plus hautes distinctions. Et c'est un merdeux comme toi qui va se foutre de ma gueule ? Ah oui, monsieur veut jouer au malin, monsieur veut épater ses camarades, monsieur veut rigoler aux dépens de ses chefs... Mais c'est très bien... C'est parfait... Eh bien, laisse-moi te dire que tu vas te faire dresser. Tu es tombé sur un os, comprends-tu ? L'année dernière, vous en profitiez, hein ? Vous faisiez le mur tous les soirs, vous alliez vous balader en ville, et vous ne foutiez rien ? Tu as vu où ça mène ? On colle au bac, on redouble. Eh bien, mon gars, tes idées de révolte, il va falloir les mettre au rancart. C'est un conseil que je te donne. Ici, ce que je veux, c'est de la discipline, des types sérieux, travailleurs. Et toi, tu n'es qu'un petit con. Parce que tu sais, j'ai fait mon enquête. Et je me suis laissé dire que tu n'étais pas bête, que tu pourrais même obtenir de bons résultats. Seulement, tu es un pauvre type. Un pauvre type, tu entends ? La preuve ? Tu n'as pas de copains, pas d'amis. Et ça, ça vous juge un...

— C'est absolument faux. Qui vous a dit ça mon capitaine ?

— Comment ? Mais c'est toi qui poses des questions maintenant ? Sache qu'ici, tu vas te taire. Je veux qu'on m'obéisse. Je vous ferai mordre la poussière, je vous casserai les reins.

Appuyé des deux mains à son bureau, les yeux exorbités, un peu de salive aux coins des lèvres, le capitaine s'arrête un moment pour reprendre haleine. Puis il poursuit sur un ton plus calme, proche de l'apitoiement, de la douceur.

— Dis-moi, François, tu n'es pas bien dans cette école ? Pourquoi tu ne travailles pas ? Pourquoi tu n'es pas sérieux ? Si tu étais civil, qu'est-ce que tu ferais ? Tu ne pourrais pas poursuivre tes études, n'est-ce pas ? Alors ? Pourquoi tu ne te décides pas à en mettre un coup ? Moi aussi, j'ai été enfant de troupe. Je sais ce que c'est. Et permets-moi de te dire que de mon temps, c'était autre chose que ce que tu connais. Eh bien, regarde-moi : au bout de ma route, il y a les étoiles. L'École de guerre, puis général à quarante-cinq ans. Et voilà, c'est fini. Alors, pourquoi te refuses-tu à cette carrière ? Hein ? Dis-moi. Les enfants de troupe, c'est fait pour te durcir, te former...

François baisse la tête et ne sait quelle contenance prendre. Ses oreilles bourdonnent, ses jambes lui font mal.

— Je ne sais si mes sous-officiers vous ont suffisamment exposé les buts de mon programme. En bref, quel est le sens de ma mission ? Faire de vous des hommes, des chefs. Alors tous les moyens seront bons pour vous contraindre à obéir. Ce n'est pas parce que deux crétins ont saccagé votre formation, l'année dernière, que moi, Darieu, je vais vous considérer comme perdus pour le métier des armes. Je m'attacherai d'abord à changer l'esprit non seulement de cette compagnie, mais aussi de l'École. Oh ! je sais bien, maintenant, dans ce pays, les mots de dignité, d'honneur, de devoir, ça sonne mal, c'est passé de mode. Tout le monde s'aveulit. Eh bien, nous, moi Darieu, et toi Dufour — je dis nous parce que dans trois ou quatre ans tu vas porter l'épaulette — nous sommes destinés à prendre en charge le troupeau. C'est à nous qu'il incombe de le guider. À propos, je pense que tu as lu Nietzsche ? Que tu connais sa théorie du surhomme ?

— ...

— Tu ne l'as pas lu ?

— Je ne l'ai pas lu mon capitaine.

— Mais alors, on ne vous a pas même fait lire Nietzsche, l'année dernière ?

Le capitaine se masse le front, réfléchit un instant.

— Bon. Dès le second trimestre, je vous donnerai des dissertations sur Nietzsche. Pour l'immédiat, voilà ce que j'ai arrêté : obligation pour tous ceux qui préparent le bac d'acquérir le brevet de parachutiste. Deuxièmement, pour vous reprendre en main, j'ai imaginé ceci : tu vas commander à ma place. J'ai fait un sondage hier, pour savoir s'il y en a parmi vous qui ont quelque chose dans le ventre. Je n'ai pas à te dire que c'est plutôt navrant. Tu es le seul à avoir répondu de la manière que j'attendais. C'est pourquoi je t'ai fait convoquer. Et maintenant, ouvre tes oreilles. Tu vas me remplacer à la barre, diriger la compagnie à ma place. Si je ne suis pas content de tes services, tes camarades seront punis. Mais si ce sont eux qui ne me donnent pas satisfaction, c'est toi qui écoperas. Tu saisis ? Par ailleurs, ordre t'est donné de tout me rapporter de ce qui se passera dans la compagnie.

Le capitaine contourne le bureau, s'approche de François, le regarde droit dans les yeux.

— Avant que tu ne partes, je veux également te dire ceci : il aurait suffi d'un rien pour faire de toi un type exemplaire. Au lieu de ça, tu es un petit voyou. Mais à tout bien considérer, je ne veux pas m'en plaindre, car il n'y a qu'avec des gars comme toi qu'on peut arriver à quelque chose. Les autres, ça ne vaut rien. C'est de la merde. Toi, tu es une bonne petite graine de révolté. Tu as de l'orgueil, de la tripe, tout ce qu'il faut pour devenir un vaillant officier. Quand tu auras passé quelques mois sous ma coupe, tu verras, ce sera parfait. Je t'aurai appris combien il est exaltant d'être un chef et d'exercer un commandement. Tu vois, mon petit, les hommes, ce ne sont rien d'autre que des marionnettes. Dès que tu as un peu de psychologie, tu les manœuvres comme tu veux. Tu joues sur la bêtise, sur l'amour-propre, sur le désir de paraître, tu enrobes tout ça avec un peu de flatterie, et ça marche à tout coup. Exemple : je veux que vous en baviez jusqu'à la gauche. En compensation, je vous obligerai à sortir tous les dimanches et à courir les filles. Je me promènerai sur le cours Mirabeau et je vous surveillerai de la terrasse d'un café. Dès que j'en apercevrai un avec une mignonne, je lui mettrai vingt sur vingt en instruction militaire. Je veux voir en ville des types qui gonflent la poitrine, des gars sans complexes, au regard assuré, à l'allure dégagée, et qui demain seront des lions. Quand on pense à vos allures, dans la cour, le dos voûté, le pas traînant, ah vois-tu, c'est lamentable. Que diable, si vous voulez être un jour des chefs, comportez-vous en conséquence.

Le capitaine ramasse la chaise, met son képi, prend son stick. Il poursuit sur un ton plus sec :

— Tu peux rompre maintenant. Je vais te faire donner un cahier où tu consigneras tout ce que tu estimeras devoir être noté. Vu ?

— Mon capitaine, je refuse.

— Comment ? Répète ce que tu viens de dire.

— ...

— Répète, j'ai dit.

— Je refuse de vous obéir.

— Ah ! tu refuses de m'obéir... Eh bien sache qu'on m'a toujours obéi, notamment à la Légion, et ce n'est pas un blanc-bec comme toi qui va me tenir tête. Voyez-vous ça, monsieur refuse de m'obéir. Eh bien, tu vas savoir ce qu'il en coûte. Et tout de suite encore. Quand tu auras bien chialé, on verra si tu joueras encore au malin.

Par la petite ouverture qu'il a fait ménager dans la cloison afin de pouvoir surveiller ce qui se passe dans le bureau voisin, le capitaine s'adresse aux sous-officiers :

— Vous, ici.

Un adjudant et deux sergents entrent. François est pâle. Ses mains tremblent.

— Vous connaissez ce garçon, messieurs. Figurez-vous qu'au questionnaire que je lui ai donné à remplir, ce monsieur a répondu en me défiant. Et maintenant, parce qu'il ne me connaît pas, il voudrait continuer son petit jeu. Je vous ai fait venir pour que vous voyiez comment on dresse quelqu'un qui ne veut pas se soumettre.

Et soudain, s'adressant à François :

— Tiens-toi droit nom de Dieu. Tends les mains. Lève la tête. Le petit doigt sur la couture du pantalon. Les pieds ouverts à quarante-cinq degrés.

Avec son stick, le capitaine lui assène un coup sur la tête. François contracte tous ses muscles.

— François, tu es un petit minable. Tu ne t'es pas aperçu qu'avec les phrases que tu as écrites, je peux te faire renvoyer de l'École. Insultes à un capitaine, et refus d'obéissance, mais il n'y a rien de plus grave. Et ça te suivra toute ta vie. Où que tu ailles, il y aura le dossier.

Le capitaine s'interrompt et fait quelques pas. Il allume une cigarette puis se met à tourner autour de François, tout en lui donnant des coups de stick sur le crâne.

Il reprend d'une voix sourde, sur un ton voisin de l'ironie :

— Patience, mon ami, patience. Dans un moment, les larmes vont venir. Je suis déjà arrivé à faire pleurer des hommes sans rien leur dire, simplement en les narguant et en les obligeant à rester au garde-à-vous pendant quelques heures. Mais pour toi, on daignera recourir à un traitement de faveur. La première gifle, ce sera pour le questionnaire. La deuxième, pour ton refus d'obéissance. La troisième, pour ton manque de respect. La quatrième, parce que tu es un pauvre type. La cinquième, pour faire bonne mesure.

Le capitaine se plante devant François, le fixe dans les yeux, sourit, lui assène une gifle à le jeter au sol. François fait un écart, se couvre instinctivement la figure.

— Au garde-à-vous j'ai dit. Tends-moi ces doigts. Bombe le torse. Redresse-toi.

François saigne du nez. Du sang coule sur sa bouche, son menton, le devant de sa veste. Le capitaine s'adresse aux sous-officiers :

— Observez bien, messieurs. Ceci, c'est la première phase. Il a déjà moins fière allure que tout à l'heure, n'est-ce pas ? Mais dans un moment, il va craquer, il va chialer comme une mauviette. C'est lui qui me suppliera pour que j'arrête. Hein, François, une gifle, ça réveille, ça fait circuler le sang ? Et la deuxième, tu l'attends, tu l'imagines, tu te dis que tu ne vas pas broncher...

La deuxième gifle claque.

— Plus que trois mon garçon. À moins qu'il ne me prenne la fantaisie de continuer. Qu'en pensent mes sous-officiers ? Croyez-vous que cet individu se défendrait, qu'il me volerait dans les plumes, qu'il me retournerait un coup de poing, en bref, qu'il se comporterait en homme ? C'est beaucoup trop espérer. Les gens de cette espèce ont toujours une grande gueule pour épater les copains. Mais dès que vous les prenez seul à seul, ça ne bronche plus, ça accepte tout. Et regardez celle-là.

La troisième gifle claque.

— Alors, messieurs les sous-officiers, vous ne semblez pas beaucoup apprécier. Ça vous émeut ? Ça vous choque ? Ça heurte vos sensibilités ?

Amusé, le capitaine fixe les sous-officiers qui baissent la tête, l'air gêné. Il tourne autour de François et avec son stick, lui tape sur les doigts, insuffisamment tendus à son gré.

— Alors, ces larmes, ça vient ? Tu vas me faire attendre encore longtemps ? Mais regarde-moi dans les yeux, nom de Dieu. Fixe-moi. Montre-moi un peu ta haine. À moins que la haine te soit quelque chose d'inconnu ? Je parierais que tu t'attristes sur ton sort. Mais bon Dieu, ce n'est pas ça qu'il faut faire. C'est ton orgueil qui doit souffrir. Essuie-toi la gueule.

François tire son mouchoir de sa poche et s'exécute. La quatrième gifle claque.

— Regarde-moi dans les yeux, je t'ai dit. Je veux savoir ce que tu penses. C'est maintenant que je te juge. Que je sais ce que tu vaux et si tu approuves ou non ma méthode. Au fait, tu te dis peut-être qu'il est facile de tabasser quelqu'un quand il ne peut pas se défendre. Que je devrais quitter mes galons et qu'on pourrait s'expliquer d'homme à homme. Mais c'est une idée lumineuse, François, lumineuse. Tu me feras bien ce plaisir de monter sur le ring avec moi ? Alors, monsieur acceptera-t-il ? Monsieur aura-t-il le courage de venir se faire casser la gueule ?

— ...

— C'est oui ou c'est non ?

D'une voix étranglée, François arrive à prononcer un oui à peine audible.

— Bon. Dès la sortie des classes, tu entreras en fonction. Tu rassembleras la compagnie et tu la mèneras à la salle des sports. Ce sera d'ailleurs pour moi l'occasion de me présenter de la bonne manière.

La cinquième gifle claque. Le capitaine fixe François dans les yeux. Des larmes affluent, coulent. Le capitaine sourit.

— Voilà. C'est fini. Tu viens de m'offrir ma récompense.

L'indignation de François le suffoque. Car ses larmes ne sont pas des larmes de vaincu, mais des larmes de colère, de joie contenue. Devant ses camarades, il va prendre sa revanche, corriger ce capitaine. Une haine forcenée se déchaîne en lui.

Rageusement il met son béret, salue, fait un demi-tour réglementaire et part sous le regard narquois du capitaine. Sa tête tourne, ses jambes engourdies lui font mal, et dans son corps douloureux déferle une immense fatigue.

Un instant plus tard, un sous-officier vient chercher François qui, étendu sur son lit, continue de pleurer à gros hoquets, la gorge contractée de spasmes. Le sous-officier le prend par les épaules et essaie de le réconforter.

— Ne t'en fais pas. C'est un salaud, mais tu vas lui donner une leçon. Tu es plus costaud que lui. Il faut à tout prix le contrer avant qu'il fasse d'autres conneries. Et tape-lui dessus de ma part, parce que tu sais, vous n'êtes pas les seuls à être emmerdés.

François fouille dans quelques armoires à la recherche d'une paire d'espadrilles, mais il n'en trouve point. Il prend son short et descend à la suite du sous-officier.

— Ne te fais pas de souci. Tu auras tous les autres avec toi. Ça te soutiendra. Et puis, tu es bien entraîné... Alors que lui... Avec toutes les cigarettes qu'il grille...

François s'arrête aux lavabos. Il appréhende de paraître devant ses camarades avec ses paupières gonflées et un reste de sang sur le bas du visage. Il se passe la tête sous le robinet et se regarde dans une glace. Soudain, il a peur. Son orgueil flanche, il se sent las, il ne parvient plus à haïr, et des prières depuis longtemps oubliées montent du plus lointain de son enfance.

Dans la salle des sports, il règne un brouhaha, une surexcitation qui le réconfortent quelque peu. Mais sa violence est maintenant tombée. Il ne sent plus en lui que de l'amertume, de la tristesse.

Ses camarades l'entourent. Les sous-officiers les ont mis au courant, et ils parlent fort, lui donnent des conseils, l'encouragent.

François se déshabille, met son short. Il quitte ses brodequins, remonte les manches de sa chemise. On lui enfile les gants, on les lace, et autour du ring, la fièvre monte.

Soudain, le capitaine pénètre dans la salle. Un « fixe » retentit, fige les élèves au garde-à-vous, et le silence qui s'abat provoque en François une véritable panique.

Le capitaine est accompagné d'un sergent, moniteur de sport, celui que les élèves préfèrent. C'est un Noir jovial, débonnaire, avec qui ils ont les meilleurs rapports. Lors des déplacements de l'équipe de rugby, ils lui demandent de chanter, et lui, d'une voix grave, chevrotante de timidité, fredonne quelque succès du jour.

Le capitaine le prend par le bras et lui fait enjamber les cordes du ring.

— Messieurs, beugle-t-il, voilà le traitement que je réserve à ceux qui ne veulent pas marcher droit. Viens ici, toi. Tu vas me faire trois rounds contre ton moniteur.

François remarque que ce dernier a lui aussi des gants.

— Maintenant, sergent, tu vas casser la gueule à ce jeune con. Et mets-y tout ton cœur. Sans ça, tu sais ce que je te réserve.

Le Noir est adossé aux cordes, le regard sombre, une expression dramatique sur le visage.

Le capitaine part d'un gros rire.

— Allez l'enfant de troupe, vole-lui dans les plumes. Montre-nous ce que tu as dans le ventre.

Le silence est devenu plus intense. De temps à autre, une voix anonyme lance un « salaud » étouffé qui fait tourner la tête au capitaine.

— S'il y en a qui ne sont pas contents, c'est moi qui vais me les payer. Compris ? Et vous, les deux, il faudrait tout de même vous décider.

Des cris s'élèvent. Un murmure de protestation parcourt le groupe des élèves. Sur le ring, le moniteur et François n'ont pas bougé.

— Mais bon Dieu de bon Dieu, vous voulez que je vous botte le cul ?

François comprend qu'il doit éviter au sergent de se faire punir. Dans l'intention de simuler un échange de coups, il se porte à sa rencontre, lève les mains à hauteur du visage, tourne un peu autour de lui et lui envoie un timide direct du gauche.

Le capitaine se met alors à rugir :

— C'est bien compris sergent ? C'est mon dernier avertissement. Et tu sais, tu peux être tranquille, je tiendrai ma promesse.

François donne une série de coups sur le torse du Noir qui recule. Lentement, le moniteur se met en garde. Les élèves vocifèrent, clament leur indignation.

La tête cachée derrière ses gants, François avance sur le moniteur, lance quelques coups, cherche à engager le combat. Mais le Noir se contente d'esquiver et de projeter ses poings dans le vide.

Indécis et pris de remords, François s'immobilise. À un mètre de lui, le capitaine, les mains agrippées à la corde supérieure du ring, les fixe avec des yeux brillants de rage. François pressent qu'il va bientôt tout interrompre et qu'ils ne pourront plus se soustraire à l'irréparable. Alors il imagine qu'il a en face de lui celui qui les oblige à se battre, et il se rue sur le sergent qui riposte sans conviction. Les lacets de ses gants n'ont pas été noués. Ils cinglent la figure de François et suscitent une immédiate envie de faire mal, de frapper pour de bon.

Après un échange plus sévère, François lit dans les yeux du moniteur de l'étonnement, de la souffrance, un reproche. Il en oublie le capitaine et fait un pas en arrière, résolu à abandonner le combat. Mais il se ressaisit, et avec toute la violence dont il est capable, il décoche deux directs à la face du sergent. Celui-ci comprend, se décide à cogner, et au sortir d'un corps à corps, écrase sa droite sur le visage de François.

François tombe lourdement sur les genoux et bascule en avant. Son arcade sourcilière porte une profonde entaille et du sang coule sur son visage. Il tente en vain de se relever.

Quand il revient à lui, il est assis sur un banc. Quelqu'un applique un mouchoir sur sa blessure. Autour du ring, il n'y a plus personne et le silence règne dans la salle.

Le capitaine lui prend le menton, fait mouvoir sa tête et examine son œil. D'une prompte détente, François se dresse. Ses lèvres s'animent mais aucun son n'en sort. Pour le narguer, il se force à sourire. Son visage se tord en une grimace vide d'expression.

Un après-midi

Je me mets à la fenêtre. La rue est presque déserte. Un jeune homme et une jeune femme flânent, se tenant par la taille, et je cherche à imaginer ce qu'ils peuvent se dire. Les enseignes du cinéma s'allument et luisent à peine dans la vive lumière du soleil. Je compte les passants qui marchent sur le trottoir d'en face.

J'ai chaud et je regagne ma chambre. Je m'appuie contre le bureau et allume une cigarette puis l'éteins. Je tire les rideaux, ferme les fenêtres et m'étends sur le lit. Je m'interdis de regarder ma montre. Je suis couché sur le dos, les bras le long du corps. C'est ainsi que je serai sur mon lit de mort. Je ferme les yeux et essaie de me représenter gisant, pâle et parfaitement immobile. Ce sera pour quand ? J'entrouvre les paupières et concentre mon attention sur l'ampoule. J'ai envie de fumer, mais je n'ai pas l'énergie de tendre le bras pour atteindre le paquet. Ma jambe droite se lève et je regarde avec étonnement mon pied monter le long du mur. Comment faire pour ne pas penser ? Je me répète plusieurs fois cette phrase.

À chaque syllabe, je presse un doigt de pied sur le mur, en commençant par l'orteil. Puis j'accélère la cadence mais mes doigts ne sont pas assez agiles et j'abandonne.

Je m'assois, regarde l'heure. Je me lève, allume une cigarette et ouvre un livre. Je parcours quelques phrases et le referme. Je le pose sur un rayon, en prends un autre, tourne quelques pages, le remets à sa place. J'en feuillette ainsi successivement une dizaine.

Je vais à la cuisine, avale des somnifères, reviens m'étendre. Je me mets à compter. L'air est lourd, j'ai chaud. Des voitures passent, et au bruit du moteur, j'essaie d'évaluer leur vitesse. J'entrebâille une fenêtre, me laisse tomber à plat ventre sur le lit. Je me remets à compter jusqu'à douze cents. Les somnifères ne me font plus aucun effet. Il est vrai qu'il y a à peine trois heures que je suis debout.

Je retire ma montre et la glisse dans ma poche. Je m'assieds et attends que mon léger vertige se dissipe. J'enfile ma veste, prends mes clés de voiture.

Je tire la porte, appelle l'ascenseur. J'ai envie de rentrer et de prendre une triple dose de somnifères. Je descends par l'escalier. Je reste un long moment sur le bord du trottoir. Puis je pars à la recherche de ma voiture. Elle est seule à se trouver de ce côté de la rue et une contravention est glissée sous un essuie-glace. J'ouvre les portières, quitte ma veste, la pose sur le siège et me mets à l'ombre sous la tente d'un magasin. Il y fait aussi chaud qu'au soleil et j'entre dans une allée. Je m'assois sur une marche.

Je pars en direction de la campagne. Après avoir roulé quelques kilomètres, je sens que je ne peux supporter son silence, son immobilité. Je fais demi-tour et gagne le centre de la ville. Il y a peu de monde dans les rues et aux terrasses des cafés. Je roule sans but, à faible allure, et on me klaxonne.

J'abandonne ma voiture, me mets à marcher. La chaleur m'écrase. Je cherche un café. Il me faut une dizaine de minutes pour en trouver un qui me convienne. Je m'attable au fond de la salle endormie où règne un peu de fraîcheur. Je commande une bière. Puis je sors pour acheter des journaux. Le garçon me suit, suspicieux, mais n'ose pas me demander où je vais. Je reviens avec deux magazines. J'en prends un, parcours les titres. Je me mets à observer un couple. La femme parle à voix basse. Ils sont graves, recueillis, absorbés l'un en l'autre. Dans un moment, ils s'en iront. Ils ne pourront plus résister au désir et ils gagneront un hôtel proche. Je n'arrive pas à les envier.

Je suis assez loin du bar et tente de lire les inscriptions sur les bouteilles rangées derrière le comptoir. Je plisse les yeux et dois faire une grimace, car le barman m'observe d'un regard amusé. Je compte les bouteilles. Lorsque j'ai fini, je compte les petits carreaux noirs et rouges sur le mur du fond. Je détaille le visage du barman, m'efforce de deviner quel genre de type il est. Il voit que je le regarde avec insistance et j'ouvre un journal. J'entreprends de le lire de la première à la dernière ligne. Au bas de la première colonne, je m'arrête. Je tourne la page et cherche un article susceptible de m'intéresser. Je n'en trouve point. Je sens qu'il me faut partir. J'appelle le garçon, fouille dans mes poches. Je n'ai pas assez de monnaie et je m'aperçois que mon portefeuille est resté dans ma veste. Je dois aller le chercher et revenir payer. Je laisse au garçon un bon pourboire. Comme je m'éloigne, il m'appelle et se précipite pour m'apporter mes journaux.

Je repars à pied. Sur une petite place, des gosses tapent dans un ballon. Ils se démènent, crient, le visage écarlate et ruisselant de sueur. Je m'assieds sur un banc et les regarde jouer. Le plus grand voit que je les observe, et il se met à jouer avec âpreté, ne cessant de m'épier du coin de l'œil. Je pars et laisse mes journaux sur le banc, pensant que quelqu'un aura peut-être plaisir à les trouver.

Je m'engage dans une rue pleine d'ombre. Je m'amuse à placer le bord extérieur de ma semelle sur la rainure qui sépare le bitume de la pierre. L'homme qui vient en sens inverse me regarde avec un certain ahurissement, et dès qu'il m'a croisé, je le sens se retourner.

Je sors ma montre de ma poche. Je crois qu'elle est arrêtée. Je la porte à mon oreille, il n'en est rien. La moitié du trottoir est au soleil et je marche en longeant le mur. Je me heurte à la chaise d'une terrasse de café. Je m'assieds, prends une bière et repars. Plus loin, comme je passe devant un hôtel, une jeune femme blonde en sort. Je continue sur ses pas en lorgnant ses jambes. Elle se retourne à deux reprises. Je comprends. Elle se laisse rejoindre. J'essaie de lui sourire mais n'y parviens pas. Je dois avoir un air rébarbatif et je suis surpris qu'elle ose m'accoster, me faire une proposition.

Je n'en ai pas envie et je m'écarte en refusant d'un signe de tête. Pour qu'elle ne se sente pas blessée, je lui effleure l'épaule de la main. Elle se méprend sur mon geste et se rapproche de moi, les paupières mi-closes, le sourire aguicheur. Elle me prend le bras, se fait insistante. Elle a peut-être dix-sept ans et j'ai pitié d'elle. Nous partons en direction de l'hôtel. Elle me propose d'aller prendre un verre. Nous entrons dans le café d'où je suis sorti un moment plus tôt. Deux hommes âgés qui consomment au bar se retournent. L'un sourit, se penche vers l'autre et lui parle à voix basse. Nous nous asseyons. Je lui offre une cigarette. Sa main effleure ma cuisse et le désir fait brusquement monter en moi une nouvelle chaleur. Elle cherche à engager la conversation, mais je la décourage. Nous commençons à boire. Elle me pose une question très directe et je lui réponds par une phrase inepte. Elle reste interloquée et me dévisage. Elle garde le silence. Nous vidons nos verres et partons.

Quand nous arrivons dans la chambre, une femme est en train de refaire le lit. Elle paraît embarrassée et m'explique qu'elle n'a pas d'autre chambre à nous offrir. Elle nous laisse seuls. Elle n'emporte pas de draps.

Je ferme la fenêtre et tire le rideau. Elle tend la main. Je suis froissé qu'elle ne comprenne pas que je suis quelqu'un à qui elle peut faire confiance, et je pense qu'il va falloir me déshabiller, me rhabiller, endurer cette sensation de mort qui me gagne chaque fois. Je prétexte la chaleur, lui propose de bavarder. Elle accepte, mais me précise que les conditions seront les mêmes, qu'elle veut être payée sur-le-champ, et qu'après un quart d'heure elle prendra la porte. J'essaie de la convaincre de rester plus longtemps. Elle ne veut rien savoir. Je lui donne le double du prix qu'elle m'a fixé et la prie de me laisser. Elle ne me demande pas d'explication, empoche l'argent et me quitte sans me dire au revoir.

Je ferme la porte, ouvre la fenêtre et m'étends sur le lit. Un bruyant éclat de rire me parvient de l'étage du dessous. J'ai un peu mal à la tête. J'ai besoin de regarder l'heure, mais je m'en abstiens. Je ne pense à rien, éprouve seulement la sensation du poids du temps, de la marche si insupportablement lente des secondes.

Un long moment, j'attends que vienne le sommeil. Mais en vain. Je redescends. Je la croise dans les escaliers. Elle remonte avec un autre client. Elle glousse en s'effaçant pour me laisser passer. Je pars en direction de ma voiture. Le désir me vient d'aller m'étendre dans un pré. Je me retrouve près de la gare. La place est ombragée, les jets d'eau dispensent un peu de fraîcheur et je flâne autour des pelouses. Je m'assieds sur un banc. Je renverse la tête, contemple les feuillages. Je suis ramené à moi par des éclats de voix. Deux clochards ivres s'insultent. Ils en viennent aux coups. C'est un spectacle humiliant et je m'éloigne.

Je traîne dans la salle des pas perdus, parcours

le panneau des horaires, m'achète un paquet de cigarettes, m'attarde devant le kiosque, lis des titres de journaux. Des gens stationnent près de la sortie. Je me mêle à eux. J'attends quelques minutes. Aucun voyageur n'apparaît et je vais m'asseoir au buffet. Il y a peu de monde. L'air est lourd, des odeurs de cuisine flottent. Je sors avant qu'un garçon ne vienne prendre ma commande.

Je me retrouve au bord d'un trottoir. Un trolley s'arrête devant moi. Les portes claquent et le receveur me jette un coup d'œil par-dessus son épaule. Je monte précipitamment. Au terminus, on m'invite à descendre.

Je ne connais pas ce coin de banlieue. Je prends la première rue à droite. Elle longe un dépôt de charbon. Je ne peux supporter ce silence, ce manque total de vie, et je reviens sur mes pas. Je décide de regagner le centre. Je me mets à suivre la ligne de trolley et marche ainsi un très long moment. Je suis surpris de voir autant d'hommes qui traînent comme moi, sans but, le visage morne, le regard souvent douloureux et fuyant. À trois reprises, je fais halte dans un café.

J'arrive dans le centre. Je suis las, et soudain je perds conscience de qui je suis, du lieu, de la ville où je me trouve, j'ai l'étrange sensation que mon être se défait, se désagrège, m'échappe. Une angoisse terrible m'étreint. J'ai l'intuition que quelque chose de grave va m'arriver et j'éprouve le besoin impérieux de rentrer chez moi.

Quelques minutes plus tard, je me retrouve dans ma chambre. Je suis en sueur. Je bois un verre d'alcool et m'étends. Un moment après, je me sens mieux. Je m'installe devant le poste de télévision, mais l'éteins aussitôt. Je prends une douche, change de costume et sors.

Je flâne dans les rues du centre. J'ai espoir de rencontrer quelque connaissance. Je passe devant un cinéma. Au fond du hall, les portes de la salle sont ouvertes. Je prends un billet et entre. La salle est climatisée et sa fraîcheur m'est agréable. La projection commence. Je ne parviens pas à m'y intéresser. J'observe les gens. Devant moi, un jeune garçon se met à caresser une femme. Le son me paraît mal réglé, les acteurs parlent trop fort, et leurs voix m'agacent. Je sors, lorgne les vitrines, pénètre dans le hall d'un journal. Des photos sont exposées, j'y jette un coup d'œil. Les trois postes de télévision marchent et des hommes sont là, debout, totalement immobiles, le regard levé. Beaucoup sont mal rasés, mal vêtus. Je me place entre deux postes et les observe. Je ne peux me défendre d'une certaine angoisse. Je me fais reproche de scruter ces visages que le regard ne défend pas et je quitte le hall.

En passant devant une vitrine, j'aperçois un visage dénué d'expression, éteint, mort. Après quelques pas, je réalise que c'est le mien. Et pourtant, c'est celui d'un autre, et je me retourne pour voir si je ne suis pas derrière moi. C'est insupportable. J'ai surpris mon visage et c'est comme si un ami m'avait annoncé un impitoyable verdict. J'entre dans un café, m'accoude au bar, commande un double whisky. Je le bois d'un trait. Les larmes me brouillent la vue. J'en bois aussitôt un second et je me sens mieux. J'en commande un troisième. Le barman me sert en me fixant dans les yeux. Comme je pars, je l'entends échanger une réflexion sur moi avec un serveur.

Le trottoir se met à tanguer. Je transpire abondamment, suis mal en point. J'ai conscience que les gens me regardent. Certains sont amusés, d'autres imperceptiblement méprisants. Je concentre ma volonté pour essayer de marcher droit. Mes jambes se dérobent. J'entre dans une allée et m'assieds sur une marche. Je suis terriblement lucide. Rien n'a disparu. Au contraire, tout s'est intensifié. Mais j'ai du moins la sensation que quelque chose se passe, que je reprends vie, et je préfère ça.

J'ai peur, si j'attends plus longtemps, de ne pouvoir repartir. Je m'agrippe à la rampe, me mets sur pied. Autour de moi les murs oscillent.

Je m'apprête à traverser la rue quand j'entends hurler une sirène. Je vois surgir une ambulance. Elle roule à vive allure. Ma pensée fonctionne très vite. Et si j'en profitais ? Dans cet état, ce doit être plus facile. Mais j'imagine fort bien les conséquences et je ne peux me décider. Des souvenirs de mon enfance me submergent et j'essaie de prier pour le malade ou le blessé. Mes pensées maintenant sont confuses. Je fais effort pour ne pas m'écrouler.

Retour

Je relève le col de mon pardessus, enfonce les mains dans mes poches, et le corps ramassé, marche d'un bon pas en direction de la gare. Le jour n'est pas encore levé. La place vide. Les papiers mêlés à la boue. J'apaise ma légère angoisse en ouvrant mes poings, en rejetant la tête en arrière, en me rappelant qu'on est dimanche, que je n'aurai pas à travailler, et que je vais prendre le train pour me rendre auprès d'elle.

Encore une demi-heure. Je n'en suis pas surpris. J'ai une telle peur de manquer le train que j'arrive toujours largement en avance.

Une dizaine de clochards, dont deux femmes, debout, en cercle, dans un angle de la salle des pas perdus. Frigorifiés, tête basse, ne parlant pas. À distance, je les observe un long moment, d'un regard fraternel. Peut-être ont-ils passé la nuit autour d'un brasero, sous un pont. Leurs visages, à tous, presque aussi noirs que leurs chapeaux. Je ne puis me rendre compte si celui que je connais se trouve parmi eux.

Dans le wagon, l'atmosphère surchauffée me

lève le cœur. J'entre dans un compartiment vide et baisse la vitre.

Heureux d'être seul, de pouvoir me détendre, me réenfouir là où elle m'attend. Il n'y a guère que cinq semaines que je ne l'ai revue, mais lorsque le train s'ébranle, la joie et l'impatience me suffoquent.

Lentement, le jour se lève, mais un brouillard très dense m'empêche de rien voir. Le train s'arrête à la première gare. J'ai un peu mal à la tête et je descends à nouveau la vitre. Le train repart.

Après quelques secondes, un jeune gars pousse la porte, traînant un sac encombrant, je m'en saisis et le pose sur la banquette. Il me remercie et nous engageons la conversation. Une vingtaine d'années, suédois, mais il parle bien le français, et il se met à me raconter son voyage. Il rentre d'un long périple en auto-stop au Moyen-Orient, et je l'écoute avec attention et intérêt. Mon admiration pour ces garçons qui, sac au dos et munis d'un plus que maigre pécule, ont le courage de se lancer au hasard sur les routes. Il convient que le plus difficile, ce ne sont pas les conditions très dures du voyage, mais l'angoisse qu'on éprouve à se retrouver seul et désargenté à des milliers de kilomètres de chez soi.

Dans le couloir retentit le son grêle d'une clochette, et je vois apparaître le petit chariot. J'achète deux sandwiches, mais n'ose pas les lui offrir et les pose à côté de moi.

— Et toi, poursuit-il, tu as voyagé ?

J'hésite à lui répondre. Il insiste.

— Oui, j'ai voyagé. Et je peux même dire que je continue. Sans trêve.

— Ah oui, lâche-t-il, alors que son regard se fait plus intense. Dans quel pays ?

— Dans un pays qui est presque toujours à ma disposition. Mais je ne parviens pas à le connaître, ni même à m'y sentir chez moi.

Déjà le train ralentit. Je lui serre la main, en silence. Cette perplexité sur son visage. Et son regard qui interroge.

Alors que je marche le long du wagon, il baisse la vitre, et brandissant les deux sandwiches, me lance un vigoureux merci. Ce n'est qu'à cet instant que j'ai l'impression d'échapper à la ville, de me défaire un peu de ce qui m'a assailli dès mes premiers pas sur le trottoir, au sortir de l'immeuble.

Mon car ne partira que dans une demi-heure, et je gagne le café où j'ai l'habitude de me rendre.

La patronne est au bar et j'en ai de la joie. Quand elle m'aperçoit, elle vient à ma table, en souriant, et nous nous mettons à bavarder.

Sa voix un peu rauque. Des vibrations qui me conduisent très vite loin des banalités distraites que nous échangeons. Il y a tant de jours que je n'ai pas parlé avec un être qui ait un peu de plaisir à me voir. Sa belle poitrine, ferme et lourde, et l'envie d'y enfouir mon visage.

Elle me quitte pour un autre client. Plusieurs minutes s'écoulent avant que ne s'apaise le tumulte qu'elle a déclenché. Je bois mon café, allume une cigarette. Deux Turcs sont assis à la table voisine. Silencieux, le regard vide.

J'imagine leur journée lugubre, et la joie fragile qui m'habite se flétrit, disparaît. J'ai froid, ce café est sinistre, le jour ne parvient pas à se lever, et tout est d'une telle désolation qu'une sorte de violente nausée me plombe le visage. Êtres et choses sont définitivement inertes, opaques, lointains, et la vie elle-même semble se tarir.

Une éponge à la main, la patronne passe près de moi en me souriant. Je fais effort pour lui rendre son sourire, mais mon air désemparé la décontenance, et son visage prend soudain une tout autre expression.

Un instant plus tard, tournant la tête, je vois, dans la glace, qu'elle appesantit sur moi à la dérobée un regard chargé d'une interrogation inquiète.

Je paie, me lève, lui adresse un petit signe de la main et sors. Le froid me saisit et je frissonne.

Pour continuer de sacrifier au rite, j'achète des oranges, des gâteaux et trois paquets de cigarettes.

Il bruine. Je monte dans le car, aux trois quarts vide. Georges est là, et nous nous saluons avec embarras, d'un bref mouvement de tête. Nous sommes du même âge, étions sur le même banc, à l'école, mais depuis des années où nous accomplissons ce trajet, nous n'arrivons pas à nous adresser la parole. Il se peut qu'un jour, faisant les cent pas sur le quai, et ne l'ayant pas vu, je ne sois pas venu à lui pour lui serrer la main. Peut-être ensuite nous sommes-nous rencontrés deux ou trois fois sans qu'il réponde à mon bonjour, et ainsi, l'habitude se fortifiant, nous nous sommes accoutumés à ne plus nous parler, à ne nous saluer qu'en bafouillant, tous deux honteux de cet état de fait, mais incapables du geste ou de la parole qui pourrait y mettre fin.

Je vais m'asseoir le plus loin possible pour échapper à la gêne que me vaut sa présence.

Je repense à tout cela, à la stupidité de notre comportement, à la manière dont nous manœuvrons pour nous éviter, et j'en suis humilié.

Le car démarre. C'est un vieux car, bruyant, mal chauffé. Je relève le col de mon pardessus, et les mains glissées entre mes genoux, me tasse au fond de mon siège.

Ma gêne subsiste et j'en suis irrité. Je me mets alors au défi de me lever et d'aller lui parler. Mais je n'ai pas le courage de réaliser ce petit exploit.

La place d'un village. Un sac de sport à la main, une douzaine de jeunes gens montent, accompagnés d'un homme d'âge mûr qui porte un ballon dans un filet. Ils s'installent en silence, et j'observe le visage de celui qui demeure debout dans l'allée.

Je repense à la patronne du café, à ses sourires, ses lèvres, ses formes et sa gorge généreuses, et un certain trouble m'envahit.

Quand nous arrivons au grand virage, par une sorte de réflexe, j'efface la buée sur la vitre, mais bien sûr, je ne peux rien voir et j'en suis déçu. J'aime tout particulièrement cet instant où le village m'apparaît au fond de la cuvette, tassé contre la colline et entouré de ses bois.

Lorsque j'étais enfant et que je venais en vacances après trois mois d'internat, je connaissais en cette seconde une joie folle, déchirante. La soudaine vision de ce petit village faisait fuser en moi la nostalgie d'une vie tiède, secrète, enfouie et protégée, qui aurait mis fin à ma détresse.

Le chauffeur m'arrête au petit pont sans que je le lui demande. Je me lève, et lorsque je me trouve à hauteur de Georges, ma main se pose sur son épaule, et quoique tout affolé par ce que je me vois faire, je le fixe sans ciller, lui souhaitant un bon dimanche. Ses yeux s'agrandissent, il veut me répondre, mais demeure bouche bée.

La joie est en moi et j'ai vite recouvré mon calme. Je marche d'un pas vif, en chantonnant, tandis que grandit mon impatience.

Je m'engage sur le chemin qui conduit à la ferme de Bernard. Ma joie retombe. Je sais combien il doit désirer me voir, spécialement aujourd'hui, mais j'ai remarqué que depuis que sa femme s'adonne à la boisson, il préfère que je n'aille pas chez lui et que nous nous rencontrions au café. Je fais donc demi-tour, certain que nous nous verrons en fin de matinée, mais doutant malgré tout d'avoir pris la bonne décision.

Je perçois le total silence qui pèse sur cette campagne enfouie dans le brouillard, et je sens qu'il me faut marcher sur le bas-côté, dans l'herbe, pour ne faire aucun bruit.

Il y a quelques années, par une belle nuit de juin qui sentait le foin coupé, j'arrivais de la sorte, marchant d'un pas soutenu. Après dix-huit mois de guerre, c'était ma première permission. Je m'étais retrouvé en gare à deux heures du matin, et ne pouvant me résoudre à attendre le car qui partait à neuf heures, j'avais décidé de rentrer à pied.

La pleine lune répandait sur la campagne une lumière incroyablement vive. Porté par une véritable allégresse, j'avais abattu en un temps record les vingt kilomètres qui me séparaient de la maison. Comme je dépassais la mare, il fut soudain sur moi, geignant, pleurant, me sautant au visage, me léchant les mains, partant à fond de train en gémissant et en aboyant pour se lancer à nouveau contre moi. La fête dura bien une à deux minutes, puis je parvins à le calmer, et nous continuâmes de concert, lui marchant à mes côtés, mon poignet dans sa gueule. Quand il mourut, je dus aller cacher mes larmes dans la grange.

Le brouillard se lève. Je franchis le petit pont, gravis la côte, et la ferme est là, près du bois d'ormes et de bouleaux.

Comme ma main se pose sur le loquet, la porte s'ouvre et j'entre. Nous nous regardons en silence un court instant, puis je l'embrasse avec ferveur. Je lui remets ce que j'ai acheté, et lui demande des nouvelles de sa santé, du village, des amis.

Elle porte pour la première fois le pull-over mauve sombre que je lui ai offert lors de ma dernière visite, et je note qu'il lui va fort bien. Elle me fait chauffer un café, le verse dans le bol qui se trouve déjà sur la table. Je le bois à petites gorgées. Quand elle s'enquiert du fils de Bernard, mon tumulte est presque apaisé, et je peux lui répondre d'une voix assez ferme.

Nous parlons de choses et d'autres pendant un moment, je fume deux cigarettes, tandis qu'elle continue à préparer le repas. Toujours en pardessus, je monte au grenier pour vider les seaux placés sous les gouttières. Ensuite, je me rends à la grange pour fendre du bois.

Elle vient me chercher. Je pose ma hache, donne quelques pommes aux lapins, et comme elle est habillée, nous partons.

Tout au long du chemin, je veux lui offrir le bras, mais n'ose pas, et quand nous arrivons sur le parvis, elle est surprise de voir que j'entre avec elle.

Elle gagne sa place habituelle, dans la rangée de gauche, et je me glisse dans celle de droite, veillant à demeurer en arrière afin que mon regard puisse se poser sur elle, l'étreindre, lui caresser la nuque et les épaules.

Une vingtaine de femmes et je suis le seul homme. Un demi-jour morne, un froid glacial. Toutes vêtues de gris ou de noir. Je cherche à établir un lien entre ce qui halète en moi depuis ma jeunesse, et tout cet ensemble de gestes, d'attitudes et de marmonnements dont je suis le témoin aussi attentif qu'étonné.

Il doit y avoir deux ou trois ans que je ne l'ai revu, et il a vieilli. Il avance à petits pas, voûté, les joues creuses, le visage piqueté d'une barbe de trois jours, et mon ébahissement quand j'aperçois ses pantoufles.

Le dernier son de cloche, comme un glas. Se prosternant, le souffle court, il commence à marmotter la première prière. Sa voix inaudible, mais à intervalles réguliers, il hausse subitement le ton, je comprends alors un mot, et sitôt après, il reprend son murmure monocorde.

Bernard me tend la main. Je me pousse et il se place à côté de moi.

— Qu'est-ce que tu fais là ? m'interroge-t-il d'une voix qui se veut feutrée, mais qui couvre celle du prêtre, et fait se retourner plusieurs têtes.

Je le regarde et lève mollement les épaules.

Après un instant :

— Ça va ?

— Ça va.

— Tu l'as vu ?

— Non. Mais ça va. Ce n'est pas grave.

— Tu restes jusqu'à la fin ?

J'ai un vague geste de la main.

— Bon, je reste aussi.

Deux femmes se retournent. Il se tait. Nous nous asseyons. Je frissonne.

Le prêtre quitte l'autel, vient à nous. Il se racle la gorge et commence son sermon.

— Nous pouvons lire dans l'Évangile selon saint Jean : « Si le grain de blé ne tombe en terre et meurt, il reste seul. S'il meurt, il porte beaucoup de fruits. » Et aussi : « Qui aime sa vie la perd. Et qui hait la vie en ce monde la conservera en la vie éternelle. » Mes bien chers frères, que signifient de telles paroles ?...

Naguère, je les ai souvent interrogées, et j'ai eu plusieurs fois l'occasion, après, au long des années, de constater que je n'avais jamais su les comprendre, en pénétrer les implications. Je suis donc curieux de ce qu'il va dire. Mais il m'apparaît très vite qu'il n'a pas préparé son sermon et qu'il se contente de débiter des formules, des phrases apprises, des mots morts.

Je suis déçu, vaguement irrité. D'instant en instant, quand une idée tarde à venir, il se racle à nouveau la gorge, et lance : « Ne vous semble-t-il pas, mes bien chers frères... » C'est pénible. Mais je le regarde intensément et ne parviens pas à lui en vouloir. Je crois percevoir dans ce qu'il dit une heureuse absence de certitudes, voire un doute, et même parfois un certain désarroi.

La vie qui a dû être la sienne. Peut-être n'a-t-il rien reçu de ce qu'il appelle Dieu, et a-t-il été tenu aussi loin de celui-ci que de ses semblables. Je ne le vois plus comme un prêtre, mais comme un homme. Un homme qui a souffert plus que nous tous, qui a été appelé mais pas élu, qui n'a connu que l'enfer d'une existence privée de toute lueur, toute affection, toute joie véritable. Et je tente de me représenter sa vie, sa désespérance, la morne succession des jours vides, le poids du temps inutile, le mortel silence de cette cure où je le vois enfermé comme en une prison, et je cherche fiévreusement à imaginer ce qu'il faudrait entreprendre pour lui venir en aide, le dédommager, adoucir sa vieillesse.

Puis mon œil au-dessus de moi, au-dessus de nous, et il me voit aussi implacablement qu'il nous voit tous. L'absolue désolation de nos existences, notre peur de la vie, notre faim brûlante de ce qui toujours se refuse, notre inapaisable détresse. Et ce regard trop lucide m'écrase, m'accable, je me sens me voûter, une barbe grise me pique les joues, et c'est en pantoufles et n'ayant rien vécu que je titube en aveugle sur le rugueux chemin qui nous conduit à la fosse.

Il achève son sermon et récite le *Confiteor*. J'écarte Bernard, monte à l'autel et m'agenouille. Le prêtre s'arrête, se redresse, me regarde. Interminables sont ces secondes de total silence. Puis il se mouche bruyamment, et tandis que je me maudis de m'être fourré une fois de plus dans une situation impossible, il reprend le *Confiteor* à son début.

Tout jeune, dans cette église, j'ai servi maintes et maintes messes, et je me rappelle combien froide sous le genou nu était la pierre dans le glacial matin d'hiver. Je luttais contre le sommeil et la voix du prêtre me parvenait de très loin.

Je ne peux détacher mes yeux de ses pantoufles et suis gêné de me trouver si près de lui.

Puis ma confusion à imaginer ce qu'elle doit penser de moi. Surtout ne pas me retourner. Il me donne de discrètes indications, et je retrouve sans trop de peine les gestes qu'il me faut accomplir. Mais je ne connais plus les répons, et j'attends que s'élève le murmure des femmes pour me mettre à bredouiller.

À la fin de la messe, quand il s'éloigne de l'autel, j'hésite un instant, puis lui emboîte le pas. Il se prosterne devant un petit crucifix, retire son étole et se tourne vers moi. Il me remercie et se met très vite à me parler du temps, de l'hiver que nous aurons. Je lui apprends que j'ai été enfant de chœur et que je voulais revoir la sacristie. Il ouvre la porte du placard, et je retrouve mon nom à demi effacé au-dessus d'un petit crochet de cuivre. Je lui serre chaleureusement la main et le quitte.

Elle m'attend avec Bernard sur les dalles disjointes du petit parvis. J'ai une telle crainte que l'un ou l'autre dise quoi que ce soit sur ce qui vient de se passer, que je me mets à parler avec fébrilité du brouillard, de l'hiver qui commence. Quand je m'aperçois, au milieu d'une phrase, que j'ai la même réaction que le prêtre, je m'arrête net. Tous deux me regardent, attendent que j'achève, portant mon malaise à son comble.

Nous traversons la place. Bernard se laisse décrocher dans l'espoir que je reste avec lui et qu'elle rentre seule. Je veux lui dire que si je suis allé à la messe, au lieu de le rejoindre au café, c'est par crainte d'y retrouver Georges. Mais lui expliquer tout cela serait trop long, trop difficile. Je préfère l'inviter à venir boire un marc à la maison. Il s'arrête, me regarde, a un geste de la tête, puis se met lourdement en branle et nous suit.

De tout le trajet, nous n'échangeons pas un mot. Je le sens contrarié, impatient d'apprendre ce que j'ai à lui dire, mais il redoute que je ne parle avant que nous soyons seuls.

Une appétissante odeur d'ail et de viande rôtie. Je recharge le fourneau et nous nous asseyons. Elle nous sert dans de grands verres. Bernard laisse remplir le sien à moitié, et dans le mien elle ne verse qu'une larme.

Il garde la tête baissée et demeure silencieux. En moins d'une minute il a vidé son verre. Il se lève et je sors avec lui pour le raccompagner.

Je suis encore tout occupé par ce qui est survenu à l'église et je fais un effort intense pour m'en délivrer.

Bernard marche à mes côtés, vêtu de sa vieille canadienne, le béret enfoncé jusqu'aux sourcils.

Une détresse est en lui, qu'il ignore. Il ne sait pas, ne peut pas s'exprimer, et il a cet air de chien battu qui fait que je n'ose jamais le regarder dans les yeux. Il s'abrutit de travail, mais bien évidemment, ne parvient pas à étouffer ce qui le ronge, et il est toujours à vous implorer en silence, à espérer de vous plus que vous ne pouvez lui donner.

Je pense à tout ce qu'il représente pour moi, à sa femme, à ce qui vient d'arriver à son fils, et je me reproche sévèrement de n'être pas allé le voir, ce matin, en arrivant.

Sa souffrance a pris possession de moi et m'interdit de parler. Il marche à grands pas et j'ai peine à le suivre. Il s'arrête, me dévisage, puis repart.

Plusieurs longues secondes. Je toussote. Enfin je réussis à lui dire ce que je sais. Puis avec précaution, je cherche à lui faire admettre qu'il doit absolument aller lui rendre visite. Je le vois se tasser, lever lentement un regard aux abois. Je passe outre, et je m'efforce de le convaincre, usant de tous les arguments que j'ai préparés. Mais en vain.

Nous sommes arrivés non loin de sa ferme. Ce qui passe de lui à moi continue de m'accabler et je n'ai pas la force de retourner cette situation, de lui parler avec énergie, de trouver les mots qu'il aimerait entendre.

Je lui propose de passer le voir en fin d'après-midi, en allant prendre mon car. Il acquiesce en silence, puis me demande de venir le rejoindre à l'écurie où, m'assure-t-il, nous serons mieux.

Il me faut refouler tout ce que je voudrais lui dire, mais que sa présence me rend incapable d'exprimer.

Je le sens déçu, mais je dois me résigner à le laisser.

Je pose ma main sur son épaule, m'éloigne, et il me regarde partir, debout au milieu du chemin.

Je suis honteux, bourré de remords, mais soulagé de le quitter.

En rentrant, je ne pense plus qu'à elle, et je marche d'un pas vif, impatient de la retrouver.

Nous nous mettons à table. Je garde mon manteau. Seul le bouton du haut se trouve boutonné, et le chat vient se blottir sous ce petit abri où il se met à ronronner.

Face à elle, ce jour-là, je ne suis plus qu'un œil fasciné qui absorbe voracement chacun de ses gestes, le mouvement de ses paupières, le moindre changement d'expression glissant sur son visage. Mais parfois nos regards se croisent, à peine alors esquisse-t-elle l'ombre d'un sourire, et il y a en elle une telle gravité, une telle présence, une telle charge de vie, qu'il me faut fermer les yeux.

Le café bu, elle se lève. J'ouvre un des paquets de cigarettes que j'ai apportés, en allume une, la lui glisse entre les lèvres, et cela aussi fait partie du rituel. Elle commence à laver la vaisselle et je l'essuie au fur et à mesure.

Des minutes indécises. Je suis debout près de la porte. On ne peut voir guère plus loin qu'à une trentaine de mètres. La désolation de ce bout de jardin avec ses trognons de choux pourrissants.

Je me détourne et veux m'asseoir sur la vieille chaise longue, devant la fenêtre. Mais le chat y dort si profondément que je n'ose le chasser. Elle le prend et m'indique d'un signe de tête que la place est libre.

Je m'installe. Je suis à contre-jour et ferme à demi les paupières.

Elle est là. Dans la pénombre, près de la cheminée, le buste bien droit mais sans raideur, le chat sur ses genoux, les mains posées devant elle, paumes tournées vers le haut, le visage empreint d'un équilibre souverain, la bouche large, les lèvres pleines, les cheveux blancs et drus, mal disciplinés, mais plus ou moins pris dans un chignon, et les yeux sombres, immenses, attentifs, graves et gais, doux, intenses.

C'est dans cette cuisine emplie de ténèbres que depuis mon adolescence, j'ai connu mes seuls instants de répit. Pacifié par sa voix, son regard, son silence.

Après un petit somme, j'ouvre les yeux, reste saisi. Je remonte de si loin que cette lumière me blesse. Je les referme, me demandant si je suis la proie d'une hallucination. De longues minutes sans oser la regarder à nouveau. Je respire avec difficulté. Enfin je me risque à entrouvrir les paupières. Je me rends compte que le soleil est apparu, que quelques rayons filtrent à travers l'imposte, et que ce sont eux qui font resplendir son visage.

Je me lève, vais faire quelques pas dans le jardin. Près de la remise, une dizaine de fagots ont roulé du haut du tas sur lequel ils se trouvaient, et je les remets à leur place. Mes mains toutes couvertes de minces débris d'écorce et je les essuie contre le mur.

Le soleil se cache, et en moi, l'ombre se fait plus dense. Je suis triste d'avoir à me dire que la matinée est finie. Qu'il me faut maintenant affronter cet après-midi vide. Chaque jour, quand je dois franchir ce seuil, passer d'un versant à l'autre de la journée, je connais ce léger malaise. Déjà la matinée s'éloigne, et je l'ai mal vécue. Et l'après-midi est là, mais il n'a pas encore pris son élan, sa tonalité. Et toute cette suite d'heures qui se dressent alors comme un mur.

J'ai froid, rentre, fume une cigarette, vais chercher du bois. Le coin de ciel bleu a disparu.

Je décide d'aller me promener, et je l'embrasse tendrement, quoique avec gêne.

Dans la remise, j'enfile mes bottes, passe un vieil imperméable sur mon manteau, jette quelques pommes aux lapins et me mets en route.

Le brouillard est revenu et la lumière déjà grise va s'appauvrissant. Je tire de ma poche une casquette crasseuse, trouée çà et là par l'usure, que j'enfonce jusqu'aux oreilles.

Le chemin que j'ai l'habitude d'emprunter. Des corbeaux que je ne vois pas passent au-dessus de moi en croassant.

Un silence écrasant. Je quitte le chemin et me rends vers le chêne à qui je ne manque jamais de rendre visite. Il peut avoir une centaine d'années. Il est beau, puissant, et ses branches jaillissent du tronc avec une vigueur que je ne me lasse pas d'admirer. Il est si bien proportionné, il vous donne une telle impression d'équilibre, que celle-ci semble agir sur vous, vous redresser, vous affermir.

Je caresse son écorce en l'insultant gentiment, lui demandant d'où il tire une telle force.

Le dernier dimanche où je suis venu était une magnifique journée d'automne, paisible, toute dégorgeante d'une lourde lumière d'or, et quand je suis arrivé près de cet arbre, un écureuil a glissé du tronc et s'est assis en face de moi. J'ai mis un genou à terre, ma main s'est tendue vers lui, et je lui ai parlé à voix basse, troublé, le cœur battant. Nous sommes restés ainsi une à deux minutes à nous contempler, tandis que sa robe fauve et ses yeux aigus luisaient dans le soleil. Puis il est parti sans se presser, grimpant tranquillement le long du tronc.

Je me surprends à parler seul et je connais quelques instants de confusion.

Le chemin n'est qu'eau et boue, et je dois avancer avec précaution. Toute la semaine, des camions et des tracteurs sortent d'énormes troncs des profondeurs de la forêt et les entreposent en bordure du chemin.

À plusieurs reprises je m'arrête pour examiner une écorce, l'effleurer du doigt, compter l'âge d'un arbre, l'imaginer sur pied, encore vivant, déterminer l'espèce à laquelle il appartient.

Je revois son visage illuminé, et me reproche de l'avoir laissée seule.

J'arrive sur *Paradis.* Je ne sais pourquoi on a donné ce nom à cet endroit. Il est certain que cette étendue de prés qui fait suite à la propriété d'un châtelain, est bordée de très beaux arbres et qu'elle offre aux yeux, à flanc d'une douce colline, un paysage plein de charme.

Mon enfance fut dévastée par la peur, et quand je venais à l'aube garder mes vaches dans ces prés, j'étais terrifié. Je les tenais le plus loin possible du bois et leur parlais, pour me sentir moins seul, me donner un peu de courage. J'avais l'illusion de penser qu'elles auraient pu me défendre au cas où j'aurais été attaqué.

Je ne suis pas tenté de m'attarder et poursuis d'un pas un peu plus vif. En bas de la colline, près d'un petit ruisseau, là où le chemin s'engage sous de hauts arbres, est garé un des camions qui servent au charroi. Il est en piteux état, couvert de boue, et on se demande, à le voir si délabré, comment il peut encore assurer un tel travail.

En m'appliquant à ne pas faire de bruit, je monte dans la cabine, m'assois sur la banquette défoncée, referme la portière. Je m'accoude au volant. La vitre sale, le brouillard plus dense. À nouveau, je m'interroge sur ma vie, et repris par une nausée mêlée d'une insurmontable lassitude, me demande qui je suis.

Une fois de plus, je me fais reproche de vivre en solitaire, cherche à saisir pourquoi aucune des femmes que j'ai aimées n'a accepté de devenir ma compagne.

La portière s'ouvre en grinçant, et je sursaute. J'aperçois une musette d'où dépassent une gamelle et une bouteille de vin à moitié pleine. J'ai la sensation que je viole une intimité, et sur-le-champ, m'échappe de cette cabine.

Je continue de marcher un long moment. Il bruine. La nuit commence à tomber. Je m'assois sur le tronc d'un chêne couché en bordure de la route, non loin d'une plantation de sapins près de laquelle, tout jeune, je craignais d'avoir à passer.

Constamment, je pense à Bernard, à ce que je devrais lui dire pour le persuader d'aller voir son fils.

Je perçois de vagues bruits, des craquements, comme le martèlement d'un pas. Refluent soudain toutes mes années d'enfance. Je me lève et m'enfuis à grands pas. Je suis en sueur, mais je parviens à m'empêcher de courir. De temps à autre, je me retourne pour voir si je ne suis pas suivi.

Un souvenir jaillit qui se rattache précisément à ce chemin. Je devais avoir une dizaine d'années. C'était un jour d'été, en fin d'après-midi, et je gardais mes quelques vaches, tapi derrière leurs croupes.

Soudain, des éclats de voix me firent sursauter, et je m'aperçus que l'une d'elles était en train de mettre à mal la luzerne du voisin. Et je le vis arriver à l'autre bout du champ, brandissant sa canne.

Il avait la réputation d'être un homme difficile, chicaneur, ivrogne, et je tremblais lorsqu'il m'arrivait de le rencontrer sur quelque chemin de terre trop étroit. Je le croisais en m'écartant, en détournant à demi le visage, et le regard incertain quoique aux aguets, je bafouillais un bonjour qui ne réussissait pas à franchir mes lèvres.

Il est vrai qu'une fois, alors que je passais

devant l'une de ses vignes, il m'avait surpris à dérober une grappe. Il m'avait alors pourchassé et il était venu jusque chez nous exiger un dédommagement. Par la suite, avec une hargne qui ne s'était jamais démentie, il n'avait cessé de nous tenir sous surveillance, moi et mes vaches. Or voici que je lui donnais une nouvelle occasion de me prendre en défaut.

Tout comme la première fois, il m'avait poursuivi, moi qui m'enfuyais avec mes vaches et les frappais à grands coups de bâton.

À l'abreuvoir, inévitablement, je fus rejoint, et il me fallut faire face. Mais je ne me souviens plus des mots chargés de colère qu'il déversa sur moi.

Revenu à la remise, je quitte mes bottes, ma casquette, mon imperméable, et je rentre à la cuisine, portant une lourde brassée de bois.

Le bol, les tartines préparées, l'assiette de fromage et de viande froide. Elle fait chauffer du café au lait et nous mangeons en silence. Ce petit repas achevé, elle éteint la lampe.

Je prends place sur la chaise longue et le chat vient s'installer sur mes genoux. La nuit précédente j'ai eu une longue insomnie, et avec la chaleur retrouvée, je me mets à sommeiller. Mais le chat me réveille en plantant ses griffes dans mon bras.

Il me faut partir. Je la prends par les épaules, et pour l'embrasser, la presse contre moi.

Mêlée de pluie, la bruine continue de tomber, et je me félicite d'avoir pensé à prendre ma lampe de poche. Je pénètre dans l'écurie de Bernard en pestant. Son chien n'était pas attaché et il m'a couvert de boue en me faisant fête.

Nous gagnons la cuisine. Sa femme s'empresse de mettre mon pardessus à sécher devant le fourneau, et pour nous laisser seuls va s'enfermer dans la pièce à côté. Il remplit nos verres et je dois me forcer pour avaler sa piquette.

Rien ne peut le fléchir. J'ai beau lui promettre de prendre un jour de congé, d'aller le chercher à la gare, puis de l'accompagner, il ne veut rien savoir. Je réussis seulement à le convaincre de lui écrire, et je lui suggère même ce qu'il pourrait lui dire. Il me remercie et m'apprend qu'il ira conduire un tombereau de betteraves à la maison dès qu'il aura le temps.

Sur la place, en attendant le car, je cherche Georges des yeux. Mais il n'est pas là. Sans doute rentrera-t-il demain matin en voiture avec son frère.

Je descends du car, et profitant de quelques minutes de battement, je me rends au café. Elle se trouve là, mais elle a beaucoup à faire et nous ne pouvons pas dire grand-chose.

Les skieurs. Le train bondé. Je reste debout dans le couloir. Pour me recueillir, et aussi pour cacher le haut de mon pardessus maculé de boue, je pose mon front sur mes avant-bras croisés sur la barre d'appui. Le temps passe très vite. Des jeunes chantent à l'autre bout du couloir et leur chant me berce.

À la gare, je me laisse bousculer, ballotter, emporter. Je me rends à la salle des pas perdus. Les clochards ne sont plus là. À l'entrée du large couloir qui conduit aux consignes se tient un groupe de travailleurs immigrés, le regard sombre, apeuré, farouche.

J'hésite un moment, je quitte la gare, résolu à rentrer chez moi. Mais arrivé à la porte de l'immeuble, je suis saisi par le besoin de côtoyer des gens, de voir des visages, d'échanger quelques mots, et je gagne les rues où j'aime à traîner dans le centre de la ville.

L'inattendu

Je suis sorti d'une librairie, et tout en marchant, me suis mis à lire le livre que je venais d'acquérir. C'était un jour d'automne, en fin d'après-midi. L'air était d'une grande douceur et la lumière commençait à se voiler.

Machinalement, sans trop savoir où j'allais, j'ai tourné à l'angle de la rue, et toujours plongé dans mon livre, me suis heurté à un couple. J'ai levé la tête. C'était elle. C'était lui.

Depuis que j'avais quitté Aix-en-Provence, quelques années avaient passé et je ne les avais jamais revus. Certes, je continuais de temps à autre à leur écrire, mais des lettres creuses, qui ne pouvaient que la décevoir. Devant taire ce qui m'importait, je n'avais d'autre ressource que de dire des choses banales, et ce n'était jamais sans un certain malaise que j'entreprenais de leur donner de mes nouvelles.

Elle était devant moi et mes yeux ne pouvaient se déprendre de son visage.

Incrédule, ravie, émerveillée, elle répétait :

— Mais c'est toi... c'est toi...

Elle s'est jetée contre moi. Puis ses mains étreignant mes épaules, elle m'a tenu devant elle, à bout de bras, comme si elle avait eu à se prouver qu'elle n'était pas victime d'une hallucination. Son regard scrutait avidement mon visage.

Le livre que je lisais m'avait échappé, et incapable de faire un geste, je ne le ramassai pas. Je demeurais bras ballants, stupéfié par l'inattendu de cette rencontre.

Je dus attendre quelques secondes avant de pouvoir articuler :

— Mais que faites-vous ici ? Vous êtes de passage ?

Resurgissaient en désordre des visages, des noms, des lieux, des paysages, des événements..., tout ce que ma mémoire avait gardé des huit années passées dans cette École.

Celui qui avait été mon chef de section était en civil et l'image que je gardais de lui correspondait mal à l'homme qui me faisait face. Je ne savais quelle attitude prendre. Il m'a ouvert les bras et nous nous sommes donné l'accolade. Je découvrais son nez et son faciès de boxeur, et immédiatement ont surgi en moi la salle des sports, le ring, le sac de sable, les gants accrochés aux murs...

— Tu as l'air en bonne forme... Tu ferais encore un bon poids moyen...

— Et vous chef, comment allez-vous ?

Son regard las, éteint, me reporta à ce jour où il avait été de retour à la caserne après une longue absence...

... *il est lourd, si douloureux ce secret que je porte,* avait-elle écrit.

Sept ans à nous aimer dans la peur, la souffrance, la culpabilité. Sept ans de désir, de dissimulation, d'espoirs déçus, d'indicibles instants de fusion, de plaisir, de bonheur volé...

Ma belle, mon incroyable et déchirante histoire d'amour avait échappé à l'érosion du temps, et elle ne cessait de brûler en moi à la manière de braises sous la cendre. Une douleur sourde, étouffée, qu'un rien réveillait, et aussitôt se mettait en branle la sarabande des souvenirs. Ils me restituaient mon adolescence, ma jeunesse, ce que la vie m'avait donné de plus beau, et les années qui s'écoulaient n'avaient pas le pouvoir de calmer ma souffrance.

Une lumière ambrée éclairait son visage et je la dévorais des yeux. Elle était encore plus belle que naguère. De fines griffures étaient apparues à l'angle de ses yeux, ses joues s'étaient légèrement creusées, mais le regard était aussi grave, aussi riche, aussi profond, et il me donnait à comprendre qu'il n'y avait pas eu de coupure, qu'elle demeurait celle que j'avais tenue dans mes bras, qu'en elle aussi les braises avaient continué d'entretenir le feu dont nous avions vécu en secret.

... *je cherche à savoir si le chef sera de service. Je tire des plans pour qu'il te fasse sortir.* Ces jours et ces jours à espérer une permission. Puis quand j'étais chez vous, cette tension de chaque seconde à attendre l'instant probable où nous serions seuls. *J'ai peur que ma vie ne s'achève par un fait divers.* J'épiais chaque geste, chaque regard du chef. Mais il me fallait veiller à ce qu'il ne remarque pas que j'étais toujours à le et me surveiller. Cette violence du désir qui me possédait alors que je ne pouvais poser sur toi qu'un regard sans expression. Et aussi cette flambée d'allégresse lorsque nous nous échappions sur la colline pour tout oublier et nous aimer avec une ardeur âpre, aveugle, insatiable. *Je t'attends toujours avec la même impatience et la même angoisse... J'ai mal de tant t'aimer...* Nos instants ivres, fous, déchirés, et quand nous redescendions, j'étais pris de panique. Je savais que s'il nous avait découverts, tout aurait pu s'achever par deux coups de feu. *Ce que nous vivons est si fort que j'en suis effrayée... Il est certain que je ne peux résister... Je ne t'ai pas dit ces heures d'angoisse quand j'ai admis que j'acceptais tout, qu'il me fallait prendre tous les risques...*

— J'espère que tu regardes les matches à la télévision.

— Bien sûr chef. Et chaque fois, je pense à vous. Vous avez vu lundi dernier ce magistral K.-O. ?

Qu'a-t-il pensé quand elle et moi nous nous sommes jetés dans les bras l'un de l'autre, et a-t-il remarqué que notre étreinte a duré plus qu'elle n'aurait dû ?

Ces heures intenses que nous avons passées lui

et moi sur le ring. *Monte ta garde. Allonge ton gauche. Enchaîne mieux tes coups.* Le gong. Les cordes. Les bruits mêlés des respirations, des coups échangés, des pieds glissant sur le tapis. Les rêves stupides qui étaient les miens, et quand je pense à celui que j'étais, je suis submergé de honte et de pitié.

Ces jours où le chef m'avait boudé, parce que en décidant d'abandonner la boxe, je l'avais terriblement déçu. Envahi soudain par le souvenir de ce qui s'était passé, je suis gêné, pris de remords, et si j'osais, je lui demanderais pardon. Étrange que je me retrouve en cet instant tel que j'étais alors, que je sois réinstallé dans une attitude de crainte, de soumission, que j'éprouve à nouveau ces sentiments de respect et d'admiration que j'ai eus longtemps pour lui.

Était-ce la quatrième ou la cinquième année ? Avec des copains, je faisais le mur presque tous les soirs, et nous courions les plus grands risques. Car si nous avions été pris, ç'aurait été automatiquement le renvoi. Et toute notre vie aurait basculé. Nous faisions le mur, et par peur de rencontrer un professeur ou l'un de nos chefs, nous allions traîner dans des rues mornes et désertes où notre jeune soif de vivre ne trouvait rien à consommer. Souvent, par la suite, je me suis demandé pourquoi nous jouions ainsi notre avenir contre du vent, car les moments que nous passions en ville, il est certain qu'ils ne nous apportaient rien, sinon chaque fois la même prévisible déception. Peut-être voulions-nous simplement nous donner pour un soir l'illusion d'être libres, nous prouver que nous pouvions échapper à ceux qui pesaient sur nous, que nous avions l'audace de faire ce qui nous était interdit. Je tremble à l'idée de ce qui se serait passé pour moi si j'avais été renvoyé, à l'idée du calvaire qui aurait été le mien si j'avais dû mener une existence à ce point contraire à mes aspirations.

Et vous, mes copains, mes amis, mes frères, où êtes-vous ? Qu'êtes-vous devenus ? Pourquoi la vie nous a-t-elle dispersés ? Ce n'est qu'après vous avoir perdus que j'ai su combien votre amitié m'était précieuse. Toi, Yves, qui savais m'empêcher de faire des bêtises, qui contenais mes foucades, qui m'aiguillonnais quand j'étais pris par le cafard et laissais tout aller, toi, Pierre, qui me donnais tes lettres, de l'argent, la moitié de tes colis, et toi, Michel, qui au retour d'une marche m'avais offert ce quignon de pain sec alors que tu n'étais pas moins affamé que moi, quels chemins avez-vous pris ? Gardez-vous le souvenir de ce qui nous avait liés et qui pour moi fut d'une telle importance ? Et pourquoi faut-il que nos vies soient immanquablement jalonnées par ces pertes dont nous ne finissons jamais de porter le deuil ?

Je prenais plaisir à t'apprendre que nous faisions le mur. Tu t'inquiétais et j'en étais secrètement heureux. L'intérêt que tu me portais m'aidait à moins me haïr, à me voir avec d'autres yeux. *Travaille mon petit, il faut que tu réussisses...*

Si tu échoues, tu seras un être perdu, et cette pensée m'est insupportable... Ne va pas gâcher stupidement ta vie... Ton regard et ton visage tragiques me forçaient alors à reconnaître que prendre de pareils risques avec une si totale insouciance était faire preuve d'une injustifiable légèreté. *Mais j'ai confiance en toi... Plus que toi... Je vois plus loin en toi-même... Plus loin que tu ne peux voir... Il faut que tu saches que tu auras un jour des choses importantes à réaliser... Tu dois dès maintenant en avoir conscience...* Mon avenir te préoccupait bien plus qu'il ne me préoccupait. Tu tenais à ce que j'obtienne de bons résultats, n'aie pas de problèmes de discipline, ne me fasse pas punir. Tes paroles, conseils, objurgations me touchaient d'autant plus que je savais qu'ils t'étaient en partie dictés par le drame que tu vivais. Le chef te rendait malheureuse, il te tenait prisonnière, te traitait comme une moins que rien, et c'était uniquement ses menaces qui t'empêchaient de le quitter. *Ma jeunesse me semble tellement loin... Avant, j'étais estimée, appréciée... Mais une catastrophe est survenue et tout s'est effondré... Les années qui se profilent devant moi ne seront qu'un interminable tunnel...*

Étrange cet homme ! Hors de chez lui, il n'était le plus souvent que sourire, charme, gentillesse, et nul n'aurait pu imaginer qu'il devenait tout autre avec toi. En quelles failles, quelles peurs, quelles blessures s'enracinaient ce penchant à la suspicion, cette jalousie morbide, cette violence cachée dont tu étais seule à savoir qu'elle pouvait le conduire d'un instant à l'autre aux pires extrémités ?

Depuis mon départ d'Aix, j'ai bien souvent repensé à lui. Je ne suis jamais parvenu à le comprendre, à trouver un début d'explication. Mais cela ne me gêne plus. J'ai fini par admettre que ce qui caractérise la plupart des êtres humains, c'est une foncière incohérence.

En réalité, sous des apparences contraires, le chef était un être barricadé, qui ne livrait jamais rien de lui-même. Je n'ai pas à douter qu'il ait eu pour moi une réelle amitié, et pourtant, j'ai toujours perçu qu'en lui quelque chose refusait de m'accueillir, voire même me repoussait.

Étrange, oui, cet homme. Et encore plus étrange, plus inexplicable le fait que deux êtres aussi différents que vous aient dû vivre sous un même toit.

Ce soir d'hiver où je te quittais... Ce maudit mistral qui nous transperçait... *Pourquoi la vie est-elle si triste, si amère, si cruelle,* me demandais-tu d'une voix accablée.

Le flot des passants nous contournait, mais je ne les voyais pas. Je vous demandais des nouvelles de votre fille, de Monsieur Laurent, ce professeur de français qui a eu sur moi une profonde influence, désirais savoir si le chef recevait de temps à autre une lettre d'un ancien de la section.

J'étais en proie à un trop grand tumulte et les mots que vous prononciez ne me parvenaient pas. Oui, votre fille était au lycée, et entre autres nombreux souvenirs, je me revoyais avec elle un certain dimanche de mai. J'étais assis au soleil sur un banc de pierre, elle était venue se blottir entre mes jambes et je jouais distraitement à dérouler du doigt ses si belles boucles blondes. L'amour que je te porte rejaillissait sur elle, et bien souvent, lorsque je songe à toi, sa frimousse apparaît à côté de ton visage. Mais si maintenant je la rencontrais, elle serait pour moi une inconnue, je ne serais pour elle qu'un étranger. Cette idée me fait mal, elle m'est tout bonnement intolérable, et je sens bien que la blessure que je garde n'est pas près de guérir. Pourtant, et bien qu'elle soit à l'origine de mon actuelle difficulté à me créer une nouvelle vie, je ne souhaite pas qu'elle se cicatrise. Elle me donne la preuve jour après jour que mon amour pour toi refuse de mourir.

Parfois, je restais trois ou quatre semaines sans pouvoir obtenir une permission. Le temps ne s'écoulait plus. Commençait alors une affreuse période de cafard. L'ennui, la souffrance de ne pas te voir, un sentiment d'universelle désolation me terrassaient, et j'étais incapable de réagir. Je ne travaillais plus, me traînais, vivais comme une ombre. Sans doute ne connaît-on de pareils effondrements qu'à l'adolescence, quand les émotions, les sentiments, les mouvements de la vie intérieure sont si violents qu'on ne peut les maîtriser. Pendant des semaines, je ne réussissais qu'à faire le minimum pour ne pas m'attirer trop d'ennuis. Mais une fois...

C'était le second trimestre. Les compositions approchaient. J'étais trop loin dans la souffrance pour ouvrir des cahiers et des manuels où rien ne m'intéressait plus. Je résolus donc d'entrer à l'infirmerie ou à l'hôpital. Pour parvenir à mes fins, j'envisageai différentes stratégies — nous en connaissions plusieurs, certaines pouvaient d'ailleurs entraîner de fâcheuses conséquences — mais aucune ne me parut acceptable. À la fin, je résolus de me faire opérer des amygdales. Je n'en avais aucun besoin, et quand je m'ouvris de cette intention au médecin-capitaine, il piqua une belle colère, me demanda qui de lui ou de moi avait à prendre pareille décision. Cependant, je manifestai une telle détermination dans mon désir de subir cette opération, qu'il finit par se laisser convaincre.

— Ma foi, libre à toi... Si ça t'amuse d'aller te faire charcuter...

Te revoir seul à seule pour égrener des souvenirs, ressusciter avec des mots nos meilleurs instants, plonger ensemble dans ce passé qui me hante et qui, encore maintenant, m'empêche d'avancer et de vivre...

Cet après-midi sous la pluie et nos corps allongés couverts de boue... Cet autre, dans la neige et le soleil... Cet autre où tu avais pleuré, et tu étais si déprimée que je ne parvenais pas à te consoler, te redonner courage...

... *J'ai un tel besoin de toi.* Mais des paroles que j'aurais voulu ne pas entendre s'échappaient de tes lèvres et elles m'obsédaient. *Si tu savais ce que je dois subir... Hier soir, il m'a prise de force...* Cette permanente souffrance à savoir qu'un autre avait tout loisir de t'étreindre, de te caresser, de prendre en toi à satiété un plaisir qui ne m'était que rarement accordé. Et cette jalousie qui me rongeait, me corrodait, me souillait, que je refoulais avec énergie, mais dont je ne pouvais me libérer. *Quand il se sert de moi pour son plaisir, j'ai peur de me trahir et de murmurer ton nom...*

Par crainte de te paraître semblable à lui, je te cachais mon tourment, mais une fois, par des questions détournées, j'en étais venu à effleurer ce problème. Tu m'avais aussitôt rassuré. *Une femme qui vit un amour véritable, qui aime un homme avec passion, son corps lui interdit de se donner à un autre. Pour ma part, je ne pense qu'à toi, ne veux que toi, et je ne peux supporter qu'il me touche.*

Puis il y eut cette surprenante nouvelle : le chef allait quitter l'École. Il devait partir pour deux ans en Indochine où la guerre faisait rage. Toi et moi n'avons pas échangé un seul mot à ce sujet. La honte que nous avions de nous réjouir en secret de sa mutation nous imposait de taire la joie que nous éprouvions.

Dans la première lettre que tu m'as remise après son départ, tu écrivais : *voici deux nuits que je dors seule. Combien je suis tranquille !*

Une nouvelle vie a commencé pour nous. Vis-à-vis de l'entourage, il était sage de nous en tenir aux mêmes précautions, mais bien sûr, nous nous sentions plus libres. Nous n'étions plus oppressés par son regard, sa présence, par cette permanente peur d'être découverts, et dans la seconde qui aurait suivi, jetés en plein drame.

Tu riais, chantais, étais devenue légère, et cette joie de vivre qui te possédait te rendait encore plus belle, plus fougueuse dans le plaisir. Ta beauté m'intimidait, et curieusement, moi qui auparavant te parlais déjà si peu, j'en venais à ne plus te dire que quelques mots de loin en loin. Sur la terrasse, nous passions des heures délicieuses, et je restais de longs moments perdu en moi-même, à penser à nous, à mon enfance, à mon existence de jeune militaire, à mon avenir, au fait qu'il me faudrait partir et te laisser... Il existait comme un mur entre ce qui se déroulait en moi et les mots, le langage. *Quel étrange garçon tu fais,* murmurais-tu d'une voix rêveuse et admirative. *Qu'y a-t-il donc dans cette tête ?...*

Je craignais que mon mutisme ne finisse par créer une atmosphère d'ennui. Aussi, quand je parvenais à me dégager de ce qui me tirait vers le dedans, j'étais d'une extrême présence à ce que tu étais et à ce que nous vivions. Parfois, je t'ai vue sidérée par la perception que j'avais de ce qui survenait en toi, mais dont tu n'avais pas conscience. De tels instants nous ouvraient alors à une intimité, une confiance, un abandon qui nous comblaient, nous maintenaient en un état de plénitude grave, nous faisaient tout oublier de ce qui si souvent nous tourmente et nous angoisse.

À l'École, le courrier qui nous parvenait était lu avant d'être distribué. Aussi je ne pouvais recevoir des lettres postées en ville et signées de ta main. Mais tu ne te privais pas de m'écrire.

Nous ne parlions jamais du chef et je ne te demandais même pas si tu recevais de ses nouvelles. Mais cent fois le jour, à cause de ma culpabilité, je pensais à lui.

Là-bas, contre quelque argent, un sous-officier n'avait aucune difficulté à obtenir qu'une jeune Vietnamienne se mette totalement à son service. J'avais beau savoir que selon toute vraisemblance, il passait ses nuits en agréable compagnie, j'avais mauvaise conscience de pareillement profiter de son absence, de vivre des moments inoubliables dans sa maison et avec sa femme. Je ne pouvais chasser de mon esprit qu'il était à des milliers de kilomètres de chez lui, que le fort dont il avait la charge se trouvait en territoire ennemi, qu'il était jour et nuit exposé aux pires dangers. Pourtant, je me rassérénais à bon compte en songeant que je n'avais rien choisi, rien décidé, rien voulu. Seules des circonstances sur lesquelles je n'avais eu aucune prise avaient tramé ce scénario, et il m'était échu le mauvais rôle, celui qui en toute logique n'attire qu'opprobre et mépris sur celui qui l'endosse.

D'autres sous-officiers, officiers, anciens élèves de l'École faisaient maintenant partie du corps expéditionnaire d'Indochine, et là-bas, dans la mesure du possible, certains demeuraient en contact. Parfois l'un d'entre eux écrivait à un ami resté à l'École, et il nous arrivait ainsi d'avoir des nouvelles de tel ou tel, directement ou indirectement.

Un jour, un adjudant d'une autre compagnie que la mienne m'a appris que le chef était porté disparu. Impossible de savoir s'il avait été tué ou fait prisonnier. Cette nouvelle me bouleversa mais je ne t'en dis rien, pas plus que tu ne la commentas. Nous continuions à ne jamais parler du chef, mais nous pensions constamment à lui, à ce qu'il devait endurer, et son invisible présence ne manquait pas de jeter une ombre sur chacune de nos étreintes.

Tu refusais que je fasse le mur pour aller te rejoindre, mais une fois, tu cédas. Nous nous étions retrouvés en ville, et après beaucoup d'hésitations, en prenant d'indispensables précautions, je t'avais suivie dans une salle de cinéma. Mais de sentir ta cuisse pressée contre la mienne, j'étais dans une telle agitation que je n'ai rien vu du film.

Après ces années où tu avais vécu sous surveillance, pratiquement sans contact avec qui que ce fût, il était normal que tu aies voulu sortir et profiter quelque peu de cette liberté dont tu avais perdu le goût.

Nous avions une redoutable équipe de rugby, et j'en faisais partie. Chaque fois que tu en avais la possibilité, tu venais assister à nos entraînements et nos matches. Avant de me quitter, tu n'omettais jamais de me glisser un petit paquet destiné à compléter mes prochains repas.

Ta fréquente présence le long de la touche ou dans les tribunes me valait d'être en butte aux malicieuses remarques et plaisanteries diverses des uns et des autres. Je me défendais comme je pouvais.

— Vous avez tous l'esprit mal tourné. Pourquoi ne serait-on pas ami avec une femme sans qu'il y ait autre chose ?

— Oui mon gars, tu repasseras. Tu crois qu'on ne voit pas comme elle te couve des yeux quand elle te parle ?

Et ce week-end de Pentecôte ? Te souviens-tu ?... Te souviens-tu ?...

Je n'avais pu obtenir une permission, mais un ami, qui avait le talent et tout l'attirail du véritable faussaire, m'en avait établi une, avec tampons adéquats et signatures parfaitement imitées.

Votre maison était à l'écart de la ville, et je courais, courais, éperonné par un désir dévorant. Imagine : un adolescent claquemuré dans une caserne, qui souffre de son manque de liberté, et qui soudain, contre toute attente, dispose de trois jours pour aller rejoindre la femme qu'il aime et qui l'attend !

Les heures claires, nous les avons vécues dans ta chambre, tous rideaux tirés. Les nuits, nous les avons passées sur la terrasse, à peu dormir et beaucoup nous aimer.

Je suis souvent revenu à ces moments incomparables — une telle charge de peur, d'innocence, de détresse, d'émerveillement, d'insatiable faim de ton corps —, ces moments où la vie en moi exultait me laissaient l'impression que je ne pourrais jamais plus connaître quelque chose d'aussi fort, d'aussi beau, d'aussi exceptionnel.

Enfoui sous toi qui gémissais, perdu dans l'infini du plaisir, mes yeux errant d'une étoile à l'autre dans l'immensité du ciel, j'ai dû convenir en moi-même pour la première fois de mon existence que la vie n'est pas que peur, angoisse et souffrance, qu'elle sait parfois se montrer bienveillante, qu'il arrive même qu'on soit pris d'une dévotion éperdue pour ce qu'elle nous concède.

Et ces deux matins où du haut de la terrasse, j'ai vu naître le jour et s'éveiller la campagne. Le jardin exhalait ses senteurs, les oiseaux babillaient, les bruits coutumiers commençaient à ponctuer le silence, et une ivresse montait en moi au fur et à mesure que la lumière inondait la terre. Tout était neuf, tout m'émouvait, tout disait la vie, et j'avais le sentiment d'être de retour d'un très long voyage. Un voyage qui m'aurait beaucoup appris et profondément modifié.

Il m'a fallu te quitter... Retour à la caserne le lundi soir dans la fatigue, la peur, le désarroi. Car si lors d'un appel, d'un contre-appel ou d'un rassemblement, on avait découvert mon absence, j'aurais pu être renvoyé dès le lendemain et ne plus te revoir. Avoir vécu pendant trois jours hors du temps et me trouver soudain précipité dans un abîme ! En franchissant le poste de garde j'étais désespéré.

Fort heureusement, la chance était avec moi. Le sergent de service, qui était un passionné de sport et qui m'aimait bien pour la seule raison que j'étais le capitaine de l'équipe de rugby, avait fermé les yeux sur mon escapade et à mon immense soulagement, je n'eus aucun problème.

Mais toutes ces émotions m'avaient passablement chahuté et il me fallut attendre plusieurs jours avant d'être capable de me pencher sur mes cahiers et mes livres.

Dans la lettre que tu as glissée dans ma poche le dimanche suivant, les dernières lignes faisaient écho aux deux trop courtes nuits ardentes que nous avions passées à rêver et nous aimer sous les étoiles : *j'aurais encore tant à te dire. Mais ce sont des choses qui ne s'écrivent pas. Elles s'expriment avec des regards, avec les mains, avec des caresses. Les caresses les plus douces, les plus suaves. Celles que seules savent dispenser pour un surcroît de jouissance des lèvres prêtes à tout oser.*

En Indochine, la guerre avait tourné au désastre. Des milliers de morts, de blessés, de prisonniers. Un jour, j'appris que le chef était vivant, qu'il serait de retour deux mois plus tard. J'ai oublié comment tu as réagi à l'annonce de cette nouvelle. Quant à moi, je l'ai accueillie avec soulagement. Parce que j'aimais beaucoup le chef. Et aussi, parce que de le savoir en vie me lavait en partie de ma culpabilité.

Mes derniers jours dans cette École. Les huit ans que j'y avais passés allaient prendre fin et j'étais aux prises avec des sentiments contradictoires. Une lourde angoisse le disputait à la joie, à l'allégresse, à l'impression d'une libération, d'une formidable délivrance.

On est venu me chercher. Je me suis trouvé face à lui. Le plaisir qu'il eut à me revoir ne fit qu'accroître ma gêne, mon malaise. Une personne bien intentionnée avait-elle déjà eu le temps de lui apprendre ce qu'il devait ignorer ? Et s'il savait, que savait-il ?

Ce qui m'a frappé, ce ne fut pas sa maigreur, mais son regard. Un regard blessé, meurtri, usé. Un regard que n'éclairait aucune lumière quand les lèvres s'étiraient en un sourire las.

Nous avons gagné une chambre inoccupée. Il a rabattu un matelas, s'est assis, et j'ai pris place en face de lui sur les lattes grinçantes d'un châlit. Alors il m'a raconté.

Tout d'abord le coup au moral qu'il avait reçu lorsqu'il avait été capturé. Le chef vietminh savait tout de lui : son nom, son grade, son régiment, et jusqu'au prénom de sa femme. L'impression d'un ennemi tout-puissant, supérieurement organisé, appuyé sur un peuple acquis à sa cause et face auquel tout serait vain de ce qui allait être entrepris. Une marche de neuf cents kilomètres et qui a duré cinq mois. Nombre de ces prisonniers ne parvinrent jamais au camp. Un camp d'ailleurs sans mirador, sans clôture de barbelés. Pour seuls gardiens, un chef de camp, un surveillant et une dizaine de soldats. Tout autour, une jungle inextricable peuplée de panthères et de tigres. Des bat-flanc de fortune sur lesquels ils passaient le plus clair de leur temps. Le paludisme. Le béribéri. Les os qui se ramollissaient. Pour lutter contre la dysenterie, ils mâchaient chaque jour du charbon de bois. Les « cours de rééducation », et les moins mal en point devaient y traîner les grabataires. La trique dont il ne fallait jamais se séparer pour tuer les serpents qui infestaient le camp. La nuit, il n'était pas rare qu'il soit réveillé par l'un d'eux qui glissait sur son corps nu. Chaque jour, les fosses à creuser pour enterrer les morts. Après ces vingt mois de détention, il ne pesait plus que trente-cinq kilos. Et puis encore ceux qui moururent après avoir été libérés, parce qu'ils se jetèrent sur la nourriture et que leur organisme ne put le supporter. Lui, il dut être hospitalisé, et à sa sortie de l'hôpital une longue convalescence lui avait été prescrite.

Face à cet homme remonté de l'enfer, comment n'aurais-je pas été écrasé par la honte ?

Ce soir-là, ne pouvant trouver le sommeil, je compris qu'il était bon que je parte, que je quitte cette École et cette ville, que je ne te revoie plus.

— Tu devrais quand même écrire un peu plus souvent. Ce n'est pas chic de nous avoir laissé tomber.

— Vous savez bien ce que c'est, chef. On n'a jamais tellement envie de se mettre devant une feuille blanche.

— Avoue que tu nous as déjà oubliés.

— Pas du tout, chef. Pas du tout.

— Alors il faudra te forcer à prendre la plume de temps en temps.

— C'est promis chef.

— Nous aurons plaisir à apprendre ce que tu es devenu et ce que tu fais.

— Ce que j'ai à vous dire n'a rien de bien exaltant.

— Allons allons... Ne nous raconte pas d'histoires.

— Quand on a vingt ans, on est plein de rêves et d'espoirs. Par la suite, on découvre que rien ne va jamais comme on voudrait.

— Et pourquoi ne viendrais-tu pas nous voir un de ces prochains jours ?

T'avoir devant moi et ne pouvoir te parler. Ma jeunesse si mal vécue, et si vite enfuie. Pendant au moins trois ans, ma difficulté à vivre après avoir quitté l'École. Sans toi, sans mes amis chers, sans cette fraternité que j'avais connue, sans cette ville que j'avais fini par aimer, j'étais désemparé. Quand j'étais élève, je détestais ma vie de jeune militaire, mon manque de liberté, la discipline à laquelle j'étais assujetti, et maintes fois j'avais eu le désir de me faire renvoyer. Or contre toute logique, toute vraisemblance, je continuais à avoir la nostalgie de cette époque. Non une nostalgie agréable qui m'aurait visité de loin en loin, mais une nostalgie continue, ardente, douloureuse.

Ce petit enfant de troupe rencontré sur un quai de gare une veille de Noël et qui m'avait ému aux larmes. Je lui avais offert un bon repas et remis tout l'argent que j'avais sur moi. D'avoir à regretter ces années passées dans cette École où j'avais crevé d'ennui, où j'avais eu faim et froid, connu de sourdes révoltes, m'avait perturbé, amené à considérer avec suspicion celui que j'étais. Empêtré dans de telles contradictions, j'avais perdu toute spontanéité, ne savais plus comment vivre.

Une force maléfique me tirait vers le bas, travaillait à me démolir, m'enfonçait dans des ténèbres toujours plus épaisses.

Quand je leur écrirai, si je parviens à surmonter ma crainte de causer au chef une petite déception, je lui dirai que je n'aime plus la boxe. Et que même, je souhaite qu'on en vienne le plus tôt possible à interdire ce sport, le seul où l'on cherche à éliminer l'adversaire par les coups qui lui sont directement portés. Les micro-hémorragies qu'ils provoquent à la surface du cerveau. Ces boxeurs qui sont morts sur un ring, ou ont un jour perdu la vue, ou se sont retrouvés en fin de carrière avec un esprit fêlé. Il y a un instant, j'ai parlé de ce magistral K.-O. vu lundi dernier à la télévision. Par ces mots, sans doute ai-je donné à penser au chef que j'avais tenu à suivre ce combat. Mais rien n'est plus faux. Si j'ai entrevu ces images, ce fut par hasard, parce qu'elles étaient diffusées à la fin des dernières informations de la journée. D'ailleurs, elles m'avaient empli de fureur et de pitié.

Et aussi cette question que je me suis posée bien des fois et à laquelle je n'ai jamais su répondre : comment a-t-il pu se faire que le chef, pathologiquement jaloux, ne se soit jamais méfié de moi, ne m'ait jamais suspecté d'entretenir avec sa femme des rapports autres que ceux auxquels laissaient croire les apparences ?

Refusait-il de voir la réalité ? Ou bien, dans la mesure où il m'avait connu lorsque j'avais treize ans, était-il resté prisonnier de cette idée que j'étais encore et toujours un enfant, et qu'en conséquence, il n'avait rien à craindre de moi ? Ou bien encore, obnubilé par cette hantise que la menace ne pouvait venir que de l'extérieur, était-il aveugle aux signes qui, au cours de nombreux dimanches, auraient pu éveiller ses soupçons ?

Mystère de nos comportements et de nos conduites en lesquels c'est en vain qu'on s'acharne à déceler une quelconque logique.

T'avoir devant moi et ne pouvoir te parler. Je revois près de toi ce garçon que j'étais et que tu faisais naître à la vie. Ma timidité, ma détresse, mon mutisme. L'aventure dans laquelle j'étais projeté me paraissait tellement inconcevable que je ne pouvais croire à ce qui m'était octroyé. J'ai connu à cause de nous une longue souffrance, mais c'est toi qui m'as aidé à endurer ma vie à l'École. Tout ce que tu m'as donné. Et mes regrets et mes remords de n'avoir pas perçu ce dont tu avais besoin. La vérité est que je n'ai pas su t'aimer. Je doute même de t'avoir dit une seule fois *Je t'aime.* Deux mots aussi usés, aussi faciles à prononcer, ils se refusaient à franchir mes lèvres. Ce qui me brûlait et me déchirait se tenait hors du langage, défiait toute possibilité d'expression, et je ne pouvais que garder le silence. *L'amour,* m'écrivais-tu, *l'amour me déborde de toutes parts. Je suis trop pauvre, trop démunie pour répondre à ce qu'il exige de moi*. Toujours tu fus cette femme donnée qui aspire à donner toujours davantage. Cette grandeur en toi qui me renvoyait au peu que j'étais. Mais quand je me trouve par trop décevant, c'est vers toi que revient ma pensée, sur ton exemple que je m'appuie pour me redresser. Ces choses toutes simples que nous n'avons jamais pu faire ensemble et auxquelles j'ai longuement rêvé : nous promener main dans la main sur le cours Mirabeau, nous rendre un soir dans une boîte de nuit et danser jusqu'à l'aube, boire un verre à la terrasse d'un café tout en bavardant et regardant déambuler les passants... Et t'ayant connue, ayant été façonné par ton amour, comment n'aurais-je pas maintenant une haute idée de la femme ?

— Quel dommage que vous soyez obligés de prendre ce train et que nous ne puissions aller boire un verre...

Tous ces souvenirs qui viennent d'entrer en effervescence et qui m'étreignent. Être face à toi et ne pouvoir te dire cet amour qui continue en moi de brasiller.

Tu ramasses le livre qui m'a échappé et tu me le tends. Je n'ai certes pas oublié que le premier livre qu'on m'ait offert, je l'ai reçu de tes mains. Je suis déchiré. Ma gorge se serre et je fais effort pour refouler les larmes qui lentement montent en moi.

Un dernier rayon avive l'éclat de tes yeux finement striés de paillettes sombres. Que tu es belle mon tendre amour. Soudain, mes yeux s'emparent des tiens, mon regard te fixe avec insistance, et oubliant le chef, je te souris.

D'une voix qui se casse, qui prélude à un sanglot, tu balbuties :

— Tu sais sourire... ô mon Dieu, tu sais sourire... tu sais sourire...

Tu presses ton poing contre ta bouche et deux grosses larmes luisent sur tes joues. Alors, dans un vertige, je te prends dans mes bras, me noue à toi en une longue étreinte, et tes lèvres s'unissent aux miennes avec impétuosité.

Le chef se détourne promptement et tombe en arrêt devant une vitrine de chaussures. À voir sa nuque inclinée, ses épaules tombantes, je réalise avec effarement que nous venons de lui porter un terrible coup.

DU MÊME AUTEUR

Éditions P.O.L.

L'ANNÉE DE L'ÉVEIL, *récit,* Grand Prix des lectrices de *Elle* 1989

AFFÛTS, *poèmes*

DANS LA LUMIÈRE DES SAISONS

L'INATTENDU

CE PAYS DU SILENCE, *poèmes*

ACCUEILS (JOURNAL IV)

CARNETS DE SAORGE

Éditions Hachette

JOURNAL I

JOURNAL II

JOURNAL III

Éditions Fata Morgana

RENCONTRES AVEC BRAM VAN VELDE

L'ŒIL SE SCRUTE, *poèmes*

FOUILLES, *poèmes*

APPROCHES, *poèmes*

RENCONTRE AVEC SAMUEL BECKETT

UNE LOINTAINE LUEUR

UNE VIE CACHÉE

Éditions Arfuyen

L'AUTRE CHEMIN, *poèmes*

BRIBES POUR UN DOUBLE

Éditions Maeght

BRAM VAN VELDE, *monographie* (en collaboration avec Jacques Putman)

BRAM VAN VELDE, *collection « Carnets de voyage »*

Éditions Fernand Hazan

GIACOMETTI

Éditions l'Échoppe

ACCORDS

ENTRETIEN AVEC PIERRE SOULAGES

REVERZY

ENTRETIEN AVEC RAOUL UBAC

Éditions Fourbis

POUR MICHEL LEIRIS

L'INCESSANT

ÉCARTE LA NUIT, *théâtre*

Éditions Paroles d'Aube

TROUVER LA SOURCE

Éditions Jacques Brémond

FAILLES

COLLECTION FOLIO

Dernières parutions

2455. Jacques Almira — *Le bal de la guerre.*
2456. René Depestre — *Éros dans un train chinois.*
2457. Réjean Ducharme — *Le nez qui voque.*
2458. Jack Kerouac — *Satori à Paris.*
2459. Pierre Mac Orlan — *Le camp Domineau.*
2460. Naguib Mahfouz — *Miramar.*
2461. Patrick Mosconi — *Louise Brooks est morte.*
2462. Arto Paasilinna — *Le lièvre de Vatanen.*
2463. Philippe Sollers — *La Fête à Venise.*
2464. Donald E. Westlake — *Pierre qui brûle.*
2465. Saint Augustin — *Confessions.*
2466. Christian Bobin — *Une petite robe de fête.*
2467. Robin Cook — *Le soleil qui s'éteint.*
2468. Roald Dahl — *L'homme au parapluie* et autres nouvelles.
2469. Marguerite Duras — *La douleur.*
2470. Michel Foucault — *Herculine Barbin dite Alexina B.*
2471. Carlos Fuentes — *Christophe et son œuf.*
2472. J.M.G. Le Clézio — *Onitsha.*
2473. Lao She — *Gens de Pékin.*
2474. David McNeil — *Lettres à Mademoiselle Blumenfeld.*
2475. Gilbert Sinoué — *L'Égyptienne.*
2476. John Updike — *Rabbit est riche.*

2477. Émile Zola	*Le Docteur Pascal.*
2478. Boileau-Narcejac	*... Et mon tout est un homme.*
2479. Nina Bouraoui	*La voyeuse interdite.*
2480. William Faulkner	*Requiem pour une nonne.*
2482. Peter Handke	*L'absence.*
2483. Hervé Jaouen	*Connemara Queen.*
2484. Ed McBain	*Le sonneur.*
2485. Susan Minot	*Mouflets.*
2486. Guy Rachet	*Le signe du taureau (La vie de César Borgia).*
2487. Isaac Bashevis Singer	*Le petit monde de la rue Krochmalna.*
2488. Rudyard Kipling	*Kim.*
2489. Michel Déon	*Les trompeuses espérances.*
2490. David Goodis	*Le casse.*
2491. Sébastien Japrisot	*Un long dimanche de fiançailles.*
2492. Yukio Mishima	*Le soleil et l'acier.*
2493. Vladimir Nabokov	*La Vénitienne* et autres nouvelles.
2494. François Salvaing	*Une vie de rechange.*
2495. Josyane Savigneau	*Marguerite Yourcenar (L'invention d'une vie).*
2496. Jacques Sternberg	*Histoires à dormir sans vous.*
2497. Marguerite Yourcenar	*Mishima ou la vision du vide.*
2498. Villiers de L'Isle-Adam	*L'Ève future.*
2499. D. H. Lawrence	*L'Amant de Lady Chatterley.*
2500. Collectif	*Mémoires d'Europe I.*
2501. Collectif	*Mémoires d'Europe II.*
2502. Collectif	*Mémoires d'Europe III.*
2503. Didier Daeninckx	*Le géant inachevé.*
2504. Éric Ollivier	*L'escalier des heures glissantes.*
2505. Julian Barnes	*Avant moi.*
2506. Daniel Boulanger	*La confession d'Omer.*
2507. Nicolas Bréhal	*Sonate au clair de lune.*
2508. Noëlle Châtelet	*La courte échelle*
2509. Marguerite Duras	*L'Amant de la Chine du Nord.*
2510. Sylvie Germain	*L'Enfant Méduse.*
2511. Yasushi Inoué	*Shirobamba.*
2512. Rezvani	*La nuit transfigurée.*

2513.	Boris Schreiber	*Le tournesol déchiré.*
2514.	Anne Wiazemsky	*Marimé.*
2515.	Francisco González Ledesma	*Soldamos.*
2516.	Guy de Maupassant	*Notre cœur.*
2518.	Driss Chraïbi	*L'inspecteur Ali.*
2519.	Pietro Citati	*Histoire qui fut heureuse, puis douloureuse et funeste.*
2520.	Paule Constant	*Le Grand Ghâpal.*
2521.	Pierre Magnan	*Les secrets de Laviolette.*
2522.	Pierre Michon	*Rimbaud le fils.*
2523.	Michel Mohrt	*Un soir, à Londres.*
2524.	Francis Ryck	*Le silencieux.*
2525.	William Styron	*Face aux ténèbres.*
2526.	René Swennen	*Le roman du linceul.*
2528.	Jerome Charyn	*Un bon flic.*
2529.	Jean-Marie Laclavetine	*En douceur.*
2530.	Didier Daeninckx	*Lumière noire.*
2531.	Pierre Moinot	*La descente du fleuve.*
2532.	Vladimir Nabokov	*La transparence des choses.*
2533.	Pascal Quignard	*Tous les matins du monde.*
2534.	Alberto Savinio	*Toute la vie.*
2535.	Sempé	*Luxe, calme & volupté.*
2537.	Abraham B. Yehoshua	*L'année des cinq saisons.*
2538.	Marcel Proust	*Les Plaisirs et les Jours* suivi de *L'Indifférent* et autres textes.
2539.	Frédéric Vitoux	*Cartes postales.*
2540.	Tacite	*Annales.*
2541.	François Mauriac	*Zabé.*
2542.	Thomas Bernhard	*Un enfant.*
2543.	Lawrence Block	*Huit millions de façons de mourir.*
2544.	Jean Delay	*Avant Mémoire (tome II).*
2545.	Annie Ernaux	*Passion simple.*
2546.	Paul Fournel	*Les petites filles respirent le même air que nous.*
2547.	Georges Perec	*53 jours.*
2548.	Jean Renoir	*Les cahiers du capitaine Georges.*
2549.	Michel Schneider	*Glenn Gould piano solo.*

2550.	Michel Tournier	*Le Tabor et le Sinaï.*
2551.	M. E. Saltykov-Chtchédrine	*Histoire d'une ville.*
2552.	Eugène Nicole	*Les larmes de pierre.*
2553.	Saint-Simon	*Mémoires II.*
2554.	Christian Bohin	*La part manquante.*
2555.	Boileau-Narcejac	*Les nocturnes.*
2556.	Alain Bosquet	*Le métier d'otage.*
2557.	Jeanne Bourin	*Les compagnons d'éternité.*
2558.	Didier Daeninckx	*Zapping.*
2559.	Gérard Delteil	*Le miroir de l'Inca.*
2560.	Joseph Kessel	*La vallée des rubis.*
2561.	Catherine Léprront	*Une rumeur.*
2562.	Arto Paasilinna	*Le meunier hurlant.*
2563.	Gilbert Sinoué	*La pourpre et l'olivier.*
2564.	François-Marie Banier	*Le passé composé.*
2565.	Gonzalo Torrente Ballester	*Le roi ébahi.*
2566.	Ray Bradbury	*Le fantôme d'Hollywood.*
2567.	Thierry Jonquet	*La Bête et la Belle.*
2568.	Marguerite Duras	*La pluie d'été.*
2569.	Roger Grenier	*Il te faudra quitter Florence.*
2570.	Yukio Mishima	*Les amours interdites.*
2571.	J.-B. Pontalis	*L'amour des commencements.*
2572.	Pascal Guignard	*La frontière.*
2573.	Antoine de Saint-Exupéry	*Écrits de guerre (1939-1944).*
2574.	Avraham B. Yehoshua	*L'amant.*
2575.	Denis Diderot	*Paradoxe sur le comédien.*
2576.	Anonyme	*La Châtelaine de Vergy.*
2577.	Honoré de Balzac	*Le Chef-d'œuvre inconnu.*
2578.	José Cabanis	*Saint-Simon l'admirable.*
2579.	Michel Déon	*Le prix de l'amour.*
2580.	Lawrence Durrell	*Le sourire du Tao.*
2581.	André Gide	*Amyntas.*
2582.	Hervé Guilbert	*Mes parents.*
2583.	Nat Hentoff	*Le diable et son jazz.*
2584.	Pierre Mac Orlan	*Quartier Réservé.*
2585.	Pierre Magnan	*La naine.*
2586.	Naguib Mahfouz	*Chimères.*
2587.	Vladimir Nabokov	*Ada ou l'Ardeur.*

2588.	Daniel Boulanger	*Un été à la diable.*
2589.	Louis Calaferte	*La mécanique des femmes.*
2590.	Sylvie Germain	*La Pleurante des rues de Prague.*
2591.	Julian Gloag	*N'éveillez pas le chat qui dort.*
2592.	J.M.G. Le Clézio	*Étoile errante.*
2593.	Louis Malle	*Au revoir, les enfants.*
2595.	Jean-Bernard Pouy	*L'homme à l'oreille croquée.*
2596.	Reiser	*Jeanine.*
2597.	Jean Rhys	*Il ne faut pas tirer des oiseaux du repos.*
2598.	Isaac Bashevis Singer	*Gimpel le naïf.*
2599.	Andersen	*Contes choisis.*
2600.	Jacques Almira	*Le Bar de la Mer.*
2602.	Dominique Bona	*Malika.*
2603.	John Dunning	*Les mécanos de la mort.*
2604.	Oriana Fallaci	*Inchallah.*
2605.	Sue Hubbell	*Une année à la campagne.*
2606.	Sébastien Japrisot	*Le passager de la pluie.*
2607.	Jack Kerouac	*Docteur Sax.*
2608.	Ruth Rendell/Helen Simpson	*Heures fatales : L'arboisier/ chair et herbe.*
2609.	Tristan Lhermite	*Le Page disgracié.*
2610.	Alexandre Dumas	*Les Trois Mousquetaires.*
2611.	John Updike	*La concubine de saint Augustin* et autres nouvelles.
2612.	John Updike	*Bech est de retour.*
2613.	John Updike	*Un mois de dimanches.*
2614.	Emanuèle Bernheim	*Le cran d'arrêt.*
2615.	Tonino Benacquista	*La commedia des ratés.*
2616.	Tonino Benacquista	*Trois carrés rouges sur fond noir.*
2617.	Rachid Boudjedra	*FIS de la haine.*
2618.	Jean d'Ormesson	*La gloire de l'Empire.*
2619.	Léon Tolstoï	*Résurrection.*
2620.	Ingmar Bergman	*Cris et chuchotements* suivi de *Persona* et de *Le lien.*
2621.	Ingmar Bergman	*Les meilleures intentions.*
2622.	Nina Bouraoui	*Poing mort.*
2623.	Marguerite Duras	*La Vie matérielle.*

2624. René Frégni	*Les nuits d'Alice.*
2625. Pierre Gamarra	*Le maître d'école.*
2626. Joseph Hansen	*Les ravages de la nuit.*
2627. Félicien Marceau	*Les belles natures.*
2628. Patrick Modiano	*Un cirque passe.*
2629. Raymond Queneau	*Le vol d'Icare.*
2630. Voltaire	*Dictionnaire philosophique.*
2631. William Makepeace Thackeray	*La foire aux vanités.*
2632. Julian Barnes	*Love, etc.*
2633. Lisa Bresner	*Le sculpteur de femmes.*
2634. Patrick Chamoiseau	*Texaco.*
2635. Didier Daeninckx	*Play-back.*
2636. René Fallet	*L'amour baroque.*
2637. Paula Jacques	*Deborah et les anges dissipés.*

Composition Euronumérique
Impression Société Nouvelle Firmin-Didot
le 14 septembre 1994.
Dépôt légal : septembre 1994.
Numéro d'imprimeur : 27794.
ISBN 2-07-038782-8./Imprimé en France.

65171